# 海濱故人

廬隱女士著

■ 文學研究會叢書 ■

1928

# 目次

# 一個著作家

他住在河北迎賓旅館裏已經三年了，他是一個很和靄的少年人，也是一個思想宏富的著作家；他很孤悽，沒有父親母親和兄弟姊妹；獨自一個住在這二層樓上，靠東邊三十五號那間小屋子裏；桌上堆滿了紙和書；地板上也滿了算草的廢紙；他的床鋪上沒有很厚的褥和被，可是也堆滿了書和紙；這少年終日裏埋在書叢紙堆裏，書是他唯一的朋友；他覺得除書以外，沒有更寶貴的東西了！書能幫助他的思想，能告訴他許多他不知道的知識；所以他無論對於那一種事情，心裏都很能了解；幷且他也是一個富於感情的少年，很喜歡聽人的贊美和頌揚；一雙黑漆漆地眼珠，時時轉動，好像表示他腦筋的活動一樣；他也是一個很雄偉美貌的少年，祇是他一天不離開這個屋子，沒有適當的運動，所以臉上漸漸退了紅色，泛上白色來，堅實的筋肉也慢慢鬆弛了；但是他的腦筋還是很活潑強旺，沒有絲毫微弱的表象；他鎮天坐在書案前面，拿了一枝筆，祇管寫，有時停住了，可是筆還不曾放下，用左手托着頭部，左肘支在桌上，不住的沉思默想，兩隻眼對着窗外藍色的天，凝然神注，他常常是這樣。有時一個黃頸紅冠的啄木鳥，從半天空忽的一聲飛在他窗前一顆樹上，張開翅膀射着那從一絲絲柳葉穿過的太陽，放着黃色閃爍的光；他的眼珠也轉動起來，丟了他微積分的思想，去注意啄木鳥的美麗和柳葉的碧綠；到了冬天，柳枝上都滿了白色的雪花，和一條條玻璃穗子，他也很注意去看，秋天的風吹了梧桐樹葉刷刷價響，或烏鴉噪雜的聲音；他或者也要推開窗戶望望，因爲他的神經很敏銳，容易受刺激；遇到春天的黃鶯兒，在他窗前的桃花樹上叫喚的時候，他竟放下他永不輕易放下的筆，離開他親密的椅和桌，在屋子裏破紙堆上慢慢踱來踱去的想；有時候也走到窗前去呼吸。

今天他照舊起得很早，一個紅火球似的太陽，也漸漸從東方向西邊來，天上一層薄薄的浮雲，和空氣中的霧氣都慢慢散了；天上露出半邊粉紅的采雲，襯着那寶藍色的天，煞是嬌艷，可是這少年著作家，不很注意，約略動一動眼珠，又低下頭在一個本子上寫他所算出來的新微積分，他寫得很快，看他右手不住的動就可以知道了。

「噹啷！噹啷！」一陣鐘聲，已經是早點的時候了，他還不動，照舊很快的往下寫，一直寫，這是他的常態，茶房看慣了，也不來打攪他；他肚子忽一陣陣的響起來，心裏覺得空洞洞地；他很失意的放下筆，踱出他的屋子，走到旅館的飯堂，不說甚麽，就坐在西邊犄角一張桌子旁，把饅頭夾着小菜，很快的吞下去，隨後茶役端進一碗小米粥來，他也是很快的嚥下去；急急回到那間屋裏，把門依舊鎖上，伸了一個懶腰，照舊坐在那張椅上，伏着桌子繼續寫下去，他沒有甚麽朋友，所以他一天很安靜的著作，沒有一個人來攪他，也沒有人和他通信；可以說他是世界上一個頂孤悽落寞的人；但是五年以前，他也曾有朋友，有戀愛的人；可是他的好運現在已經過去了！

一天下午河北某胡同口，有一個年紀約二十上下的女郎，身上穿戴很齊整的，玫瑰色的頰，和點漆的眼珠，襯着清如秋水的眼白，露着聰明清利的眼光，站在那裏很疑遲的張望；對着胡同口白字的藍色牌子，望一直望了好幾處，都露着失望的神色，末了走到頂南邊一條胡同，祇聽她輕輕的念道：『榮慶里……榮慶里……』隨手從提包裏拿出一張紙，念道：『榮慶里迎賓館三十五號……』她念到這裏，臉上的愁雲慘霧，一霎那都沒有了；露出她嬌豔活潑的面龐，很快的往迎賓旅館那邊走；她走得太急了，臉上的汗一顆顆像眞珠似的流了下來；她用手帕擦了又走；約十分鐘，已經到一所樓房面前，她仰着頭看了看扁額，很鄭重的看了又看；這才慢慢走進去，到了櫃房那裏祇見一個五十歲上下的老頭兒，在那裏打算盤，很認眞的打，對她看了一眼，不說甚麽，嘴裏念着三五一十五，六七四十二，手裏撥着那算盤子，滴滴嗒嗒地響；牠不敢驚動他，怔怔在那裏出神，後來從裏頭出來一個茶房，手裏拿着開水壺，左肩上搭了一條手巾，對着她問道：『姑娘要住棧房嗎？』她急忙搖頭說『不是！不是！我是來找人的。』茶房道：『你找人呵，找那一位呢？』她很遲疑的說：『你們這裏二層樓上東邊三十五號，不是住着一位邵浮塵先生嗎？』『哦！你找邵浮塵邵先生呵？』茶房說完這句話，低下頭不再言語，心裏可在那裏奇怪，『邵先生他在這旅館裏住了三年，別說沒一個人來看過他，就連一封信都沒人寄給他，誰想道還有一位體面的女子來找他……！』她看茶房不動也不說話，她不禁有些不自在，臉上起了一朵紅雲和煩悶的眼光，表示出她心裏很急很苦的神情！她到底忍不住了！因問茶房道：『到底有沒有這個人呵，你怎麽不說話？』『是！是！有一位邵先生住在三十五號，從這裏向東去上了樓梯，向右拐，那間屋子就是，可是姑娘你貴姓呵？你告訴我好給你去通報，』她聽了這話很不耐煩道：『你不用問我姓什麽，你就和他說有人找他好啦！』『哦！那末，你先在這裏等一等我去說來；』茶房忙忙的上樓去了；她心裏很亂，一陣陣地亂跳，現着憂愁悲傷的神色，眼睛漸漸紅了，似乎要哭出來，茶房來了道：『請跟我上來罷！』她很慢的挪動她巍顫顫的身體，跟着茶房一步步的往上走；她很費力，兩隻腿像有幾十斤重！

少年著作家，丟下他的筆，把地板上的紙拾了起來，把窗戶開得很大，對着窗口用力的呼吸，他的心跳得很利害！兩隻手互相用力的摩擦，從屋子這頭走到那頭，來往不住的走；很急很重的脚步聲，震得地板發響，樓下都聽見了！『邵先生客來了；』茶房說完，忙忙出去了，他聽了這話，不說甚麼，不知不覺拔去門上的鎖匙，呀！一聲門開了，少年著作家和她怔住了！大家的臉色，都由紅變成白，更由白變成青的了！她的身體不住的抖，一包眼淚，從眼眶裏一滴一滴往外湧；她和他對怔了好久好久，他才歎了一口氣，輕輕的說道：『沁芬！你爲甚麼來？』他的聲音很低弱，并且夾着哭聲！她這時候稍爲淸楚了，趕緊走進屋子，關上門，她倚在門上，很失望的低下頭，用手帕蒙着臉哭，很傷心的哭！他這時候的心，幾乎碎了！想起五年前，她在中西女塾念書時，有一天下午，正是春光明媚，她在河北公園一塊石頭上坐着看書，我和她那天就認識了，從那天以後，這園子的花和草——就是那已經乾枯一半的柳枝，和枝上的鳥，都添了生氣，草地上時常有她和我的足跡；長方的鐵椅上當下午四五點鐘的時候，有兩個很活潑的青年坐在那裏輕輕的談笑；來往的遊人，往往站住了脚，對她和我注目，河裏的魚，也對着她和我很活潑地跳舞！哼！金錢眞是萬惡的魔鬼，覔奪去她和我的生機和幸福！他想到這裏臉上顏色又紅起來，頭上的筋也一根根暴了起來，對着她很絕決的道：『沁芬！我想你不應該到這裏來！……我們見面是最不幸的事情但是……』

她這時候止住了哭，很悲痛的說道：『浮塵！我想你總應該原諒我！……我很知道我們相見是不幸的事情！但是你果然不願意見我嗎？』她的氣色益發青白得難看，兩隻眼直了，怔怔地對着他望，久久的望着；他也不說甚麼，照樣的怔了半天，末後由他絕望懊惱的眼光裏掉下眼淚來了！很沉痛的說道：『沁芬！我想羅傾他的運氣很好，他可以常常愛你，作你生命的寄託……無論怎麼樣窮人總沒有幸福！無論甚麼幸福窮人都是沒份的！』她的心實在要裂了！因爲她沒能力可以使浮塵得到幸福！她現在已經作了羅傾的妻了！羅傾確是很富足，一個月有五百元的進項，他的屋子裏有很好的西洋式桌椅；極值錢的字畫，和温軟的綢緞被褥，銅絲的大床；也有許多僕人使喚，她的馬車很時新的，并且有強壯的高馬，她出門坐着很方便；但是她常常的憂愁，鎖緊了她的眉峯，獨自坐在很靜寞的屋裏，數那壁上時計搖擺的次數；她有一個黃金的小盒子，當羅傾出去的時候，她常常開了盒子對着那張相片，和愛情充滿的信和詩神往，有時微微露出笑容，有時很失望的嘆氣和落淚！但是她為了甚麼？誰也不知道！就是這少年著作家也不知道！她現在不能說甚麼，因為她的心已經碎了！哇的一聲一口鮮紅的血從她口裏噴了出來；身體搖蕩站不住了！他急了，顧不得甚麼走過去扶助她，她實在支持不住了！她的頭竟倒在他的懷裏，昏過去了！他又急又痛，但是他不能叫茶房進來幫助他，祇得用力把她慢慢扶倒自己的床鋪上，用開水撬開牙關，灌了進去；半天她纔呀的一聲哭了！他不能說甚麼，也嗚咽的哭了！這時候太陽已經下了山，他知道不能再躭誤了！趕緊叫茶房喊了一輛馬車送她回去。

她回去就病了，玫瑰色的頰和脣，都變了青白色，漆黑頭髮散開了，披在肩上和額上，很憔悴的睡在床上，羅傾急得請醫生買藥找看護婦，但是她的血還是不住的吐！這天晚上她張開眼往屋子裏望了望，靜悄悄地沒一個人，她自己用力的爬起來，拿了一張紙和一枝筆，已經辛苦得出了許多汗，她又倒在床上了！歇了一歇又用力轉過身子，伏在床上，用沒力氣的手在紙上顫巍巍地寫道：『我不幸！生命和愛情被金錢強買去！但是我的形體是沒法子賣了！我的靈魂仍舊完完全全交還你！一個金盒子也送給你作一個紀念你……！』她寫到這裏，一口鮮血噴了出來，滿紙滿床，都是腥紅的血點！她忍不住眼淚落下來了！看護婦進來見了這種情形，也很傷心，對她怔怔的望着；她對着看護婦點點頭，意思叫她到面前來，看護婦走過來了；她用手指着纔寫的那信說道『信！摺…起…』她又喘起來不能說了！看護婦不明白，她又用力的說道：『摺起來……放在盒子裏……！』『啊呀！』她又吐了！看護婦忙着灌進藥水去！她果然很安靜的睡了；看護婦把信放好，看見盒子蓋上寫着『送邵浮塵先生收』看護婦心裏忽的生出一種疑問，她爲甚麼要寫信給邵浮塵？『啊呀！好熱！』她臉上果然燒得通紅；後來她竟坐起來了！看護婦知道這是迴光反照；她已是沒有多少時候的命了！因趕緊把羅頎叫起來；羅頎很驚惶的走了進來，看她坐在那裏，通紅的臉，和乾枯的眼睛，又是急又是傷心！羅頎走到床前，她很懇切的說道：『我很對不住你！但是實在是我父母對不起你！』她說着哭了！羅頎的喉嚨，也哽住了，不能回答，後來她就指着那個盒子對羅懶說道：『這個盒子你能應許我替他送去嗎？』羅懶看了邵浮塵三個字，一陣心痛，像是刀子戮了是的，咬緊了嘴唇血差不多要出來了！末後對她說道：『你放心！咳！沁芬我實在害了你！』她一陣心痛，靈魂就此慢慢出了軀殼，飄飄蕩蕩到太虛幻境去了！祇有羅懶的哭聲和街上的木魚聲，一斷一續的，兀自伴着失了知覺的沁芬在枯寂悽涼的夜裏！

隔了幾天在法租界的一個醫院裏，一天早晨來了一個少年——他是個狂人——，披散着一頭亂蓬蓬地頭髮，赤着脚，兩隻眼睛都紅了，瞪得和銅鈴一般大，兩塊顴骨像山峯似的凸出來，顏色和蠟紙一般白，簡直和博物室裏所陳列的髑髏差不多；他住在第三層樓上一間很大的屋子裏；這屋子除了一張床和一張桌子藥水瓶以外，沒有別的東西，他睡下又爬起來在滿屋子轉來轉去，嘴裏喃喃的說，後來他竟大聲叫起來了，『沁芬你爲甚麼愛他！……我的微積分明天出版了！你歡喜嗎？哼！誰說他是一個著作家？——祇是一個罪人——我得了人的讚美和頌揚，沁芬的腸子要笑斷了！不！不我不相信！啊呀這腥紅的是甚麼？血……血……她爲甚麼要出血？哼！這要比罌粟花好看得多呢！』他拿起藥瓶狠命往地下一摔，瓶子破了，藥水流了滿地；他直着喉嚨慘笑起來；最後他把衣服都解開，露出枯瘦的胸膛來，拿着破瓶子用力往心頭一刺；紅的血出來了，染紅了他的白色小褂和褲子，他大笑起來道：『沁芬！沁芬！我也有血給你！』醫生和看護婦開了門進來，大家都失望對着這少年著作家邵浮塵祇是搖頭歎息！他忽的跳了起來，又摔倒了，他不能動了，醫生和看護婦把他扶在床上，脈息已經很微弱了！第二天早晨六點鐘的時候，這個可憐的少年著作家，也離開這世界，去找他的沁芬去了！

# 一封信

冬天的日子實在太短，現在太陽祇露着些微弱的殘照，射在玻璃公司的黑煙筒上，一閃一閃的放光屋子裏也漸漸黑上來，但那火爐裏熊熊的火光，却照耀着地氈現出一片紅潤；我坐在爐邊一張臥椅上，四面沉寂的空氣圍繞着我，差不多要睡着了。

鐺鎯鎯一陣電話鈴響，我就趕忙走過去接了，原來是我的朋友王彝西的電話，約我到她家裏參觀她們的家庭康樂會的成立會，我很高興的答應了，披上圍巾，戴上手套，叫了一輛車子，約有一刻鐘就到了。許多來賓已經都坐在禮堂裏，我進去也照樣的坐下，恰好才開會。她的兄弟克遜報告了開會的宗旨——建設新家庭爲改造社會的基礎——跟着就是她小弟弟仕予，年紀祇有七歲，也有一篇很明瞭懇切的演說，滿屋子鼓掌的聲音，劈拍劈拍響個不住；後來她們姊妹三人又有一個很美麗的跳舞，約有一點鐘這會開完了。來賓出了禮堂，散在各屋子，三五成羣的談笑，我就和彝西還有幾個同學圍着爐子成一個半圓圈坐着，大家說故事猜謎，熱鬧極了；在這個個人快愉充滿心田的景象中，忽然我心裏起了一個念頭，因問彝西道：『清漪有信來嗎？』彝西聽了這話并不答言，凝神從他衣袋裏拿出一封信來，我心裏很急，等不到她遞給我，早就奪過來了。文宣她們也急着要看，因而我就把這封信高聲念了出來，下面的話，正是清漪說的：

「我親愛的老友彝西，我們又有兩個禮拜沒通信了——因爲沒甚麽可告訴你的話，所以也就不寫，昨天我忽得到一件很可憐的消息——這個你應該也是這樣想；前幾個月，你到我家裏來，梅生不仍舊是一個很活潑天眞的小女孩子嗎？我想你總能記得她今年祇有十五歲；但是她是一個很微弱可憐的小羊，她的母親沒有能力保護她，因爲沒有飯和衣服，使她很活潑的生長，所以當她十二歲的時候，就常到我家裏幫她母親作活，——她母親在我家傭工差不多够八年了——那時候我就很愛她，每逢我有空的時候，常常教她認字；她很聰明，一雙漆黑明亮的眼珠，你不是也稱贊過她嗎？我很佩服你的眼光，她實在是一個天才！

我曾記得有一次，從學堂裏回來，抄了一個很好聽的唱歌，我就和着鋼琴唱了兩遍，她在旁邊凝神聽着，等我唱完了，她笑嘻嘻和我說她也愿意唱這個歌，要我教她，我想她通共祇認了不到二百個字，怎能唱這歌呢？我就告訴她說：『你沒有這個能力，等過些日子再教你』她聽了這話很不高興，後來她再三說她要試試看，我沒法子，就教了她一遍，老友！你猜怎麼樣？她竟唱出來了！如此的才質，我眞沒有多見呢！

我自從知道了梅生的天才，我格外的喜愛她，這時候我家裏曾請一個先生教我弟妹，因也叫梅生和他們一齊念書；她的精神益發暢快活潑，一直這樣過了兩年，她已經是十四歲了。她的母親因爲要到鄉下看她外祖母去，也要把她帶回去，過了一年蕭媽仍舊到我家來，但是梅生竟沒同來，我心裏很奇怪，就問她，蕭媽還未答言，已經先哭了！

蕭媽哭了半天，纔斷斷續續的說道：「小姐！梅生……死……死了！……唉！」

呀！老友！可憐的歷史，就從此開始了！

我聽了這一句話，心裏不知是苦是愁！呀！老友！一個人若是忽然聽見她夙昔所愛的人好好的便死了；這不是一件很傷心的事情嗎？……

但是梅生到底爲甚麼死的呢？我不能不追問；後來聽蕭媽說，才知道梅生因爲她外祖母病了，沒錢買藥，和他們莊子上陳大郎借了二十塊錢，陳大郎本是一個「爲富不仁」的惡棍，他看見

——梅生就起了不良的心，所以纔把錢借給她！

老友你想鄉下人知道甚麼？何曾知道因這有限的二十塊錢，便把個可愛的孩子——或者將來的天才——送掉了！

有一天晚上，濛濛的細雨把個村莊澆得非常溼潤，在村子東頭有一閒小茅屋，外面的籬笆牆已經倒了一半，茅屋的土牆也破了一個洞，從這洞裏露出一線黯淡的燈光，射在那棵小棗樹的樹枝上，樹枝被風吹得上下飄宕，隱隱約約好像是一個美人在那慘綠燈光下跳舞似的。這時候屋子裏發出一陣呻吟的聲音，一個七十多歲的老嫗，睡在木板床上，這上頭除了一綑稻草和一床又薄又破的被窩以外，沒有別的。一個中年婦人，坐在這老嫗的床沿「愁眉不展」臉上露出無限愁苦憔悴的形狀，不住用手替睡在床上的老嫗，在胸口上不住的摩挲，屋角有一個三脚破爐，上頭斜放着一個沙吊子，那爐子裏有幾塊燒殘的煤球，還有些許火氣，旁邊站着一個滿身襤褸的女孩子，面上黑灰塗滿了，但是她那明亮的眼珠；和雪白的牙齒；紅潤的嘴唇；苦悶，骯髒，却掩不住她的秀媚聰明！

這時候忽聽中年婦人輕輕的說道：

『梅生呀！這屋子露風，……外婆怕吹，你想個法子把他補上罷！』

老友你看到這裏，應該很明白這屋裏的老嫗。就是蕭媽的媽；中年婦人就是蕭媽了，至於那個可愛的女孩子，除了梅生還有誰呢？呀！可憐呵！老友！梅生的外婆年紀很大，況且又沒錢調養，所以不到十幾天，這個『睡病呻吟』的老嫗，便兩眼一閉，七十五年的歲月，就此結束了！

梅生外婆死的時候，身上祇有一件很薄的棉襖，和一條破舊的棉褲，此外除了一張破桌子，和一個三脚火爐沙吊子，更沒有甚麼，現在人雖死了，藥錢可以不必再費，但是埋葬的一筆款怎麼樣呢？先借陳大郎的十塊錢，早就用得精光，蕭媽左思右想，也想不出一個好法子來，末後還是託人向陳大郎又借了十塊錢，買了一口薄棺材，把老嫗裝起來，葬在義塚上，蕭媽的心事纔算完了。但是借陳大郎的錢又怎麼還呢？

老友呀！我知道你必定也要發這個疑問。

梅生這天一早起來，一輪紅日正射在這茅屋上，屋子裏立刻明亮了；梅生帮着她媽收拾牀上的稻草，和掃淨地上的灰塵；蕭媽坐在床上包他們幾件已經破了的衣裳；預備第二天早上回北京。這時候忽聽見籬笆旁的一個老黑狗汪汪叫個不住，梅生掀開那破穴上補的紙向外張望，祇見一個年約三十八九歲的男人正向裏走……一直走到屋裏。

『啊唷，陳老爺你來啦？……怎麼好錢？！』

『錢啊？日子眞好快，眼看又到了秋天收穫的時候了。傭人割糧食，正等着用錢呢！』

老友呀！你想蕭媽她一年到頭的辛苦，祇有三十多塊錢的進項，她喫飯穿衣那一樣少得了錢？一時那有二十塊錢拿出來還人家呢？我聽蕭媽說到這裏，很替她爲難！你覺得怎麼樣？

過了兩天，莊上的劉二——陳大郎的管家——又來了，立逼着蕭媽還錢，并且不祇二十塊，連本帶利二十五塊呢！她有甚麼法子？還祇好再三再四的懇求陳大郎暫寬些時；但是陳大郎本居此爲奇貨，又怎能放鬆她們呢？後來陳大郎竟越發狠起來，他說若是不還錢，就要到縣裏去打官司。可憐蕭媽嚇得祇是發抖。

老友，你應當知道，法庭待鄉下人是甚麼樣？那一羣如狠似虎的衙役，和可怕森嚴的公堂；什麼人見了都是膽寒。

蕭媽她自然不敢去了！但是陳大郎的目的達到了！……

老友窮人眞是可憐呢！……甚麼是世界簡直是一座慘愁怨苦的地獄！

在一天下午，莊南那所高大青磚瓦房，東邊上屋裏，一個年紀三十多歲的婦人，臉上的脂粉塗得極厚，把本來青黃色的皮膚都遮過了；但那乾枯細長的縐紋反被粉襯得格外顯明；一雙狠毒而嫉妒的眼珠，露着逼人的兇光；穿着一身花緞的衣褲，盤脚坐在床上，床中間放着一份抽大煙的器具；煙杆上還留着抽餘的煙灰；這時候門外走進一個三十左右的男人，頭上戴着瓜皮小帽，身上穿着一件藍布大衫，像是聽差模樣，向這婦人道：『太太那件事情已經打聽着了，大約老爺的意思太太總是知道的，小人不敢胡說。』

這婦人很憤恨的大聲說道：『死不長進的老貨！……她現在到底在那裏？趕快把她帶進來！』

僕人應了一聲『是』，退出去，沒有五分鐘的工夫，帶進一個人來，眼中充滿了淚水，映着太陽亮晶晶發出愁苦懼怕的光來；兩隻腿索索地抖個不住，低着頭跟這僕人向裏走，才一進門，這婦人睜大了她那賽銅鈴的眼珠，把這個微弱失去保護的小羔羊，上下打量個不住！末後忽聽她從鼻子裏哼了一聲道：『模樣倒還妖精似的，怪不得惹得他——那個惡鬼——千方百計弄了來！好呀！我可叫你們安生呢！』

末後這婦人自言自語的說了半天，她的氣越說越旺，竟厲聲向梅生道：『你既到了我這裏，第一要知道規矩，早上天沒亮就得起來掃院子燒火預備開水；晚上伺候着我們都睡了才許你睡，沒得我的話，不準和別的人說一句話，或出這屋子一步，晚上就拿張板櫈在門後頭搭鋪睡覺……這些話，都聽見了沒有？』梅生嚇怔了，不知要說甚麼？這婦人看她不應，走過去，伸出手來，狠命在她左右頰上打個不休；牙血和鼻血染了她的大襟和臉上，斑斑點點好像開殘的桃花落片，但這婦人怒氣還沒消，聽梅生痛哭，益發火上加油，從床底下拿一塊棉花塞住她的嘴，從牆上摘下一根籐鞭，用力毒打！

老友啊！可憐她細嫩的皮肉上，怎經得起這無情的夏楚呢？我寫到這裏，我的眼淚已經不能安份在淚胞裏存着，竟奪眶而出了，你也有同情嗎？」

我把這封信念到這裏，我的心跳起來；我的眼淚充滿了眼眶，遮住了瞳人，我竟不能再往下念了，彝西和文宜她們也低下頭不說甚麽，這時候屋子裏十分沉靜，祇聽見風吹樹枝，刷拉刷拉的響，和遠遠狗叫的聲音罷了！停了好久，我又續着念下去：

「梅生遭了這頓毒打，竟痛得昏沉過去，第二天滿身都露着青紫的傷痕和浮腫；活潑的眼睛也失了清瑩皎潔的光；眼皮腫了起來，像兩個核桃是的。

蕭媽聽了這個消息，趕緊跑到那裏，但陳家的僕人不許她進去，她沒能力反抗，站在門口痛哭了一陣，自己回去了！

過了幾天，陳家後院廁所旁邊，有一間矮小的破屋子，窗格子已經被風打得斜在一邊，從這窗戶看進去，很糢糊，看不見甚麽，因爲太陽已經下山了，但那細弱的呻吟聲，和慘悽的哭聲，却順着風吹過來，末後在這呻吟聲中更夾一種哀厲的呼聲『媽呀！……痛！……天啊』喊了許久，但是沒有一個人應她，或安慰她！若有祇是那冥冥中的上帝罷了！哀號的聲音，漸漸微弱，還餘着些許斷續的呻吟聲，如此支持了一夜，直到第二天的陽光重照到這個破屋子來的時候，那微弱的小羔羊面上露着笑容，因爲她已經離開這五濁世界人間地獄，到極樂園去了！

老友！梅生的結果就是如此了！我所要告訴你的，也就由此告一段落，但是老友！你對於這段悲劇覺得很平常嗎？……我心裏不知爲什麼，好像有一種東西塡住了我的氣管似的，我實在覺得不平！……這或許是我沒有多經驗，你以爲怎樣呢？……可是你再來我家的時候，永不能見那個聰敏可愛的小孩子了！祇有她的影子，和她的命運，或者要永久存在你腦子裏，因爲這是很深的印象！再談！」

我把這封信念完了。大家仍舊沉默，回想前一點鐘彝西姊妹兄弟開會的樂趣，大家不能再愉快，因爲愁苦的同情充滿了大家的心田！

鐺，鐺，鐺，壁上的鐘一連響了十下，這纔覺得時候已經不早，遂都分途回去；我也坐了車子，趁着昏沉的夜色，映着幾點的疏星，冒着寒風晚霧回來，到了家裏，這個很深的印象，仍不住在我腦子裏迴旋，直到現在！……

# 兩個小學生

國樞今天早晨絕早就起來了。月兒的倩影還隱約雲端，偷窺世人未醒的酣夢呢！他急急穿好衣服，也顧不得喫點心，背上他的小書包——裏面裝着昨夜他親愛的母親替他預備的餅，和鮮黃色甜美可口的鷄蛋糕；還有紅如胭脂的蘋果——他含着微微的笑容；輕輕走出街門，向東約走一里多路，他便站在一家紅漆大門前面用小手輕輕拍了兩下：呀的一聲門開了；一個年紀和他相彷彿的孩子，也含着微微的笑容，愉快的眼光，走上前來，拉着國樞的手，兩人並肩走到靠西邊的一間書房裏去。國樞帶着喜悅和惶恐疑懼的餘情，輕輕問他的小伴侶道：『堅生——你母親沒有攔阻你嗎？』

『可不是嗎？』我幾乎急得要哭了，後來還是我姊姊說也去，母親纔答應了！你呢？……』

國樞聽堅生問他，含着笑道：『我也是和你一樣；母親起先一定不許我去，她說：『這麼點小孩子，也學管那些事；請甚麼願？倘若闖出禍來，豈不是白喫虧嗎？沒的嚇得爹媽的心都碎了！』我沒有說話，但是我就急得哭起來了！我爹爹想了半天纔說：『他們學生去請願，按理說祇有有效沒效罷了。斷不至有甚麽意外的禍事，他既是一定要去，也就讓他去，小孩子們也應該使他們鍛鍊鍛鍊』我母親這才沒說甚麽，末了又囑咐我早點回去……我還怕她今天早起又許翻悔，不叫我去，所以我一早就出來了，也沒告訴她呢。』

堅生道：『我們今天去了，不知總統答應我們的要求不答應呢？……現在快七點了，我們快去吧！你看這天上的雨還沒止住，母親要是知道一定不叫我們去呢！』

『對啦！我們趕緊走吧！』

說着他們倆手牽着手走出大門，天上佈滿着陰雲，雨點如聯珠般淅淅瀝瀝落個不止；他們兩個并無些許畏怯的樣子，活潑潑地支着一把雨傘往前走去；脚底下沾滿了滑泥，幾次要滑倒，但是他們互相牽扯着，才沒有摔下去。

幾個他們的同伴，從遠遠走過來了，彼此含笑取下帽子，行了早晨見面的禮，絡續着走向白色粉牆，那邊一個黑油漆大門裏去，大門的兩旁還挂着兩塊五尺長的木板，寫着北京公立第二高等小學校字樣，他們進去了。但是滿院裏站滿了他們的同學，正在亂糟糟搬運白紙小旗，見他們倆進來了，很歡迎地叫道：『呀！你們來了，好啊！』說着遞過兩面旗子來，他們接了旗子，見大家都按着秩序，排起隊伍來，也就趕緊插進隊中，一個稍大的學生——他們的代表，站在高台階大聲的說道：『今天我們大家爲了教育的前途，都抱着絕大犧牲去和政府請願，但愿諸位親愛的同學，還要有堅持到底的精神，人人不要露出畏怯的氣象，并且在街上走的時候，大家更要保持好秩序，現出我們學生無上的尊嚴。』

他的話說完，仍回到隊中，這時候大家臉上都露出勇敢莊嚴的樣子來，在他們隊伍的前面，那一個年紀最小的汴忱，披着滿肩的黃黑色的頭髮，挺直胸膛，含着微微的笑容，頭也不回地，跟着大隊前面兩個拿旗子的學生向前去。現在走到轉灣的地方了，國樞一眼正看見他那小同學尊嚴的樣子，立刻受了暗示，更直起他們的身體，放齊他們的脚步。

不久他們的目的地到了，那金字輝煌的高等師範學校的扁額，已在面前，他們益發振起精神，用整齊和諧的脚步，向操場裏面去，忽聽見耳旁刷刺、刷刺的聲音，好似風吹落葉那般淸脆，眼前一片白旗，上下飛舞，有如穿花蝴蝶活潑而踴躍，這就是所有的學生，歡迎他們的小朋友的誠意；他們臉上都含着笑容但是無論他們怎樣的僞飾，那一種深藏靈府的慘愁悲憤的情緒，仍舊不時的流露出來；看着他們純潔無瑕的小朋友，滿身淋着無情的愁雨，沾着濡膩的汚泥，襯着他們時時振作活潑的精神，益發使他們靈魂上感受一種委曲難伸的苦痛，大家不約而同的寂靜了，祇聽見微微地嘆息聲在空中迴旋縈繞，含着無限悲哀惻怨的味道。

哨子響了，大家都預備着進發，於是踏踏地脚步聲充塞在空氣裏頭，大隊直向西長街公府門口走去，街上過路的人，看了這個大隊——冒雨前進的大隊，不禁受了一種暗示，竟停止他們的脚步，忘了他們所急要作的事，祇是怔怔地站在那裏——無限懷疑的表示，有的和他的同伴說：『這不知又爲了甚麼事呢？這些個學生們究竟也想不開，放着優遊行樂的地方不去開心，却來這大雨底下淋着，莫非說他們這麼作，就能感動那衣冠禽獸的什麼……這些孩子們更是無辜受罪了！』國樞聽了那人的話，不覺抬頭對他望望，祇見那人眼圈紅着，眉峯縐着，似乎要哭的樣子，自己也不知道爲甚麼就覺得鼻子一酸，落下淚來。堅生一回頭，正好看見，不知甚麼緣故，因輕輕地扯他的手道：『是不是冷了，肚子痛吧！』國樞喉嚨裏哽咽得不能回答，祇是搖搖頭，堅生正要再往下推究的時候，不提防花拉一聲，兩人都嚇怔了。

公府面前那兩扇大鐵門現在閉得緊緊的——適才驚人的聲響，就是這個拒絕公道的鐵門作他勝利的快嗚呢！——一隊隊的黃衣衛兵和警察，層層疊疊地站滿了公府的門前，兇狠狠地對着這些手無寸鐵的學生，就好似身臨十萬雄兵大敵是的，——他們聚精會神的各處調派救兵，後盾埋伏，煞費苦心啊！但是學生們爲了公理而來，公理就是他們的唯一的兵器，對着這些——兵士和武器，他們幷不畏怯，停止在公府的門口，冀得公理戰勝最後的勝利。

他們現在不前進了，雖是助威的淫雨，冷峻的氣燄，時時刺激他們的皮膚，僵冷他們的熱血，他們絕不退後一步，就是那小小的國幅和堅生也祇緊緊互握住他們的手；抵抗天公的惡作劇。兩隻黑漆似的眼睛，不住望着他們自己所委任的代表，表示一種堅決誠摯的樣子，希望他們能得到圓滿的結果，但是鐵門緊緊閉住，沒有一點同情的衛兵，安能了解他們這些孩子們赤心熱腸呢？他們祇明白他們每月是有八塊錢的薪水，這是他們的主人——唯一的主人的恩典賞給他們的，他們纔能不委身溝壑，幷且還能作威作福，欺壓他們的同類，他們得到這許多利益，怎能不格外感激他們的主人呢？至於這些學生們，究竟算得了甚麼啊！他們這麼想着，益發覺得他們的恩人的可感，這些學生可惡了！所以他們的面容，越變越凶，國樞和堅生的手也越握越緊，他們不能更矜持了。恐怖的神已經打破他們緊閉的心門，闖入佔住了，他們嫩弱的心靈幾乎碎了！他們的面色漸漸失掉紅潤，轉入蒼白而黯淡了！

『他們不開門，怎麼辦呢？』國樞低聲和堅生說；堅生搖搖頭不回答甚麼，祇是墊起脚來看着那許多欲入不得站在門口焦愁滿面的代表，歎了一聲，緊緊握住國樞的手道：『咦！怎麼好？』國樞禁不住打了一個寒戰；彼此對看着發悶，如是的過了兩點多鐘，一些辦法也想不出來了！

遠遠地一隊人也向這邊來了，手裏也拿着白色旗子，但是國樞和堅生望過去，這些來人，沒有和他們一般大的同伴，祇是有鬍鬚和他們父親和叔叔相彷彿的人們，他們不明白到底是誰！『呀！那不是我們的吳老師嗎？』堅生一壁嚷着，一壁禁不住手舞足蹈起來了。適才的滿面愁容，頃刻都洗刷乾淨。又見自己隊裏的同伴，各個人都舉起旗子，正如早晨歡迎他們的一樣。這時候人聲嘈雜，國樞和堅生也不覺跟着『哈拉哈拉』的亂叫；這隊人漸漸走近總統府那座鐵門前面了。但這兩扇門仍舊關得一條縫都沒有，祇聽見一聲『往前進呵！』果見人頭攢動，一齊向前蜂湧而進國樞和堅生和他們的小朋友也一齊向前擁進；但是還沒走上兩步，祇聽見喉呀哭叫的聲音，把這愁悶的空氣，更一變而爲慘悽悲痛的空氣了。

國樞和堅生正在往前走，前面的人忽一齊向後退，後邊的人不提防被這一擠，更加着滿地的滑泥，都滑倒地上，這兩個可憐的孩子也不能倖免了！國樞摔在路旁，頭部碰傷，鮮血被面，一時支持不住昏暈過去，及至清醒過來，擡頭向前一看，但見適纔那些如虎狼的衛兵，舉着鎗幹刀靶，不分頭面，對着他們的教師和同學，正在亂砍哪！剎時間哭聲震天，鮮血浸透了他們的衣服，更流到地上和泥水滲和得暗紅刺目，國樞正看到心碎魂越的時候；忽聽見一聲悽苦的慘叫『國樞！好痛啊！』國樞一嚇回頭一看，隔他約有十步光景，他親愛的小朋友堅生，滿面鮮紅的血，倒在那一堆的泥水裏，愁苦的形狀，把國樞的心刺碎了，一聲哀叫又昏過去，任他的朋友怎樣呼救，他也不曾知道啊！

行路的人，看了這兩個小學生——可憐的孩子，萬分的悽慘，都趕緊回過頭去，偷拭他們同情的辛酸淚，不忍再看那兩個孩子了。

這時候的雨，仍是沛然未息，新華門一帶已變作血肉橫飛的戰場，什麼人民代表的總統府的尊嚴，早已煙消雲滅，不知去向了！便是那不懂人事的蒼天也把那助威的淫雨，化作悲慘哀憫的痛淚，滴在那些被黑暗壓制，有懷莫伸的學生們身上，作深情的慰藉和洗刷了。

這絕大的慘劇——摧人肝膽的慘劇，和那兩個小學生的哀呼，便是『不仁』的天地，也不忍目覩了！現在已是背過他光明的臉，露出那黑暗沈沈的背影來，惟有那三層樓上一間小屋子裏，露出些微黯淡的燈光，夾着兩個孩子呼痛和呻吟的悲聲，從那窗隙裏送了出來。

『唉！這些孩子們，永遠不肯聽話！他們的任性，祇是苦了無數作母親的心！』

『誰說不是呢？我早就說，不用去，去了也沒有用處！他們這些大人那有工夫來理你們這些無力無財的秀才，他偏不聽，還有他爹縱着他，說甚麼請願是法律應許的行爲，不能干涉啦，我也不知道這些，自然讓他去了……現在果然闖出這麼個大禍來，還說甚麼法律呢？……這孩子眞不叫人省心！養活了這麼大，也不是容易！……倘若有個好歹……！那便怎麼……』

她傷心淚哽住喉嚨不能再往下說了！那一個母親也禁不住傷心，她們的話頭斷了，祇是嗚咽的哭聲破了夜的沈寂。

微弱的呻吟聲，打斷她們的哭聲，一個小孩子巍顫顫地聲音叫道：『娘啊！……那邊的兵又拿着刀，砍破堅生的頭了，嗳呀！……怕呵！』說着不住用手摸着他頭上包的那塊白布，臉上露出極可憐恐懼的顏色——灰白而慘淡！

他母親帶着哭聲安慰他道：『國樞啊！你醒醒吧，不用怕。娘在這裏看着你呢！堅生也在這裏，沒有人來打他，你放心呵！』

國樞果睜大了眼睛，對着他慈愛的母親的臉上望着道：『娘呵！你為甚麼哭？他們的心比石頭還硬呢！哭是沒用的，那兩扇門是永遠不開的啊！……』

堅生這時清醒了，聽見國樞的話，一陣心急，竟哭道：『呵！那門永遠不開嗎？……娘呵！怎麼辦？』說着握着他母親的手不住的流淚，兩個母親看見兩個孩子可憐的樣子，忍不住把住他們的頭，悲悲切切地哭作一團。

慘悽的哭聲，刺碎了全醫院的病人的心，無數同情的歎聲，和那母子的血淚，滾出無限夜的蒼涼，和世界的黑暗來！

# 靈魂可以賣嗎

荷姑她是我的鄰居張誠的女兒，她從十五歲上，就在城裏那所大綿紗工廠裏，作一個紡紗的女工，現在已經四年了。

當夏天熹微的晨光，籠罩着萬物的時候，那鏗鏘悠揚地工廠開門的鐘聲，常常喚醒這城裏居民的曉夢，告訴工人們作工的時間到了。那時我推開臨街的玻璃窗，向外張望，必定看見荷姑挐着一個小盒子，裏邊裝着幾塊燒餅，或是還有兩片鹹肉，——這就是工廠裏的午飯；從這裏匆匆地走過，我常喜歡看着她，她也時常注視我，所以我們總算是一個相識的朋友呢！

初時我和她遇見的時候，祇不過彼此對望着，僅在這兩雙視線裏，打個照會。後來日子長了，我們也更熟悉了，不像從前那種拘束冷淡了；每次遇見的時候，彼此都含着溫和地微笑，表示我們無限的情意。

今天我照常推開窗戶，向下看去，荷姑推開柴門，匆匆地向這邊來了，她來到我的窗下，便停住了，滿臉露着很愁悶和懷疑的神氣，仰着頭，含着乞求的眼神，顫巍巍地道：『你願意帮助我嗎』？

說完俯下頭去，靜待我的回答，我雖不知道她要我帮助她作甚麽，但是我的確很愿意盡我的力量幫助她，我更不忍看她那可憐的狀態，我竟顧不得思索，急忙地應道：『能够！能够！凡是你所要我作的事，我都愿意幫助你！』

『呵！謝上帝！你肯幫助我了！』荷姑極誠懇的這麽說着，眼睛裏露出欣悅的光采來，那兩頰溫和的笑痕，在我的靈魂裏又增了一層更深的印象，甜美，神祕，使人永遠不易忘記呢！過了些時，她又對我說『今天下午六點鐘的時候，我們再會吧！現在我還須到工廠裏去，』我也說道：『再會吧！』她便回轉身子，匆匆地向工廠的那條路上去了。

荷姑走了！連影子都看不見了！但是我還怔怔地俯在窗子上，回想她那種可憐的神情，不禁使我生出一種神祕微妙的情感，和激昂慷慨的壯氣；我覺得世界上可憐的人實在太多，但是像荷姑那種委曲沈痛的可憐，我還是第一次看見呢！她現在要求我幫助她，我的能力大約總有勝過她的，這是上帝給我爲善的機會，實在是很難得而可貴的機會！我應當怎樣地利用呵！

我決定幫助她了！那末我所幫助她的，必要使她滿足，所以我現在應該預備了。她若果和我借錢，我一定儘我所有的帮助她，她若是有一種大需要，我直接不能給他，也要和母親商量把我下月應得的費用，一齊給她，一定使她滿足她所需要的。人們生活在世界上，缺乏金錢，實在是不幸的運命呢！但是能濟人之急，才是人類互助的精神，可貴的德性！我有絕大的自尊心，不願意作個自私自利的動物，我不住的這麼想，我豪俠的壯氣，也不住的增加，恨不得荷姑立刻就來，我不要她向我乞求，便把我所有的錢，好好地遞給她，使她可以少受些疑難和愁慮的苦！

我自從荷姑走後，我心裏沒有一刻寧貼，那一股勇於爲善的壯氣，直使我的心容留不下，時時流露在我的行動裏，說話的聲音，特別沈着，走路都不像平日了。今天的我，彷彿是古時候的虬髯客和紅拂那一流的人，『氣概不可一世。』

今天的日子，過得特別慢，往日那太陽射在綿紗廠的煙筒尖上，是很容易的事情，可是今天，我至少總有十幾次，從這窗外看過去，日影總沒到那裏，現在還差一寸呢！

『呵！那煙筒的尖上，現在不是射着太陽，放在閃爍的光來嗎？荷姑就要來了！』我俯在窗子上，不禁喜歡得自言自語起來。

遠遠地一隊工人從工廠裏絡繹着出來了；他們有的向南邊的大街上去；有的到東邊那廣場裏去，頃刻間便都散盡了。但是荷姑還不見出來，我急切地盼望着，又過了些時，那工廠的大鐵門，纔又『呀』的一聲開了，荷姑忙忙地往我們這條胡同裏來，她臉上滿了汗珠，好似雨點般滴下來，兩頰紅得直像胭脂，頭筋一根根從皮膚裏隱隱地印出來，表示那工廠裏惡濁的空氣，和疲勞的壓迫。

她漸漸地走近了，我們的視線彼此接觸上了，她微微地笑着走到我的書房裏來，我等不得和她說什麼話，我便跑到我的臥室裏，把那早已預備好的一包錢，送到荷姑面前很高興的向她說：『你拏回去吧！若果還有需用，我更想法子帮助你！』

荷姑起先似乎很不明白地向我凝視着，後來她忽歎了一口氣，冷笑道：『世界上應該還有比錢更爲需要的東西吧！』

我眞不明白，也沒有想到，荷姑爲什麼竟有這種出人意料的情形？但是我不能不後悔，我未曾料到她的需要，就造次把含侮辱人類的金錢，也可以說是罪惡的金錢給她，竟致刺激得她感傷，唉！這眞是一種極大的羞恥！我的眼睛不敢擡起來了！羞和急的情緒，激成無數的淚水，從我深邃的心裏流出來！

我們彼此各自傷心寂靜着，好久好久，荷姑纔拭乾她的眼淚和我說道：『我現在要告訴你一件小故事，或者可以說是我四年以來的歷史；這個就是我要求你幫助的。』我就點頭應許她，以下的話，便是她所告訴我的故事了。

『在四年前，我實在是一個天眞活潑的小孩子，現在自然是不像了！但是那時候我在中學預科裏念書，無論誰不能想像我會有今天這種沉悶呢？』

荷姑說到這裏，不禁歎息流下淚來，我看着她那種悽苦憔悴的神氣，怎能不陪着她落下許多同情淚呢？等了許久，荷姑纔又繼續說：——

『日子過得極快，好似閃電一般，這個冰雪森嚴的冬天，早又回去了，那時我離中學預科畢業期，祇有半年了，偏偏我的父親的舊病，因春天到了，便又發作起來，不能到店裏去作事，家境十分困難，我不能不丟棄這張將要到手的畢業文憑，回到家裏侍奉父親的病！當然我不能不灰心！

但是這還算不得什麼，因爲慈愛的父母，和弟妹，可以給我許多安慰，不過沒有幾天，我的叔叔便託人替我薦到那所絕大的綿紗廠裏作女工，一個月也有十幾塊錢的進項，於是我便不能不離開我的父母弟妹，去作工了，幸虧這時我父親的病差不多快好了，我還不至於十分不放心。

走到工廠臨近的那條街上，早就聽見軋軋隆隆的聲音，這種聲音，實含着殘忍和使人厭憎的意思，足以給人一種極大不快的刺激，更有那烏黑的煤煙和汚膩的油氣，更加使人頭目昏漲！

我第一天進這工廠的門，看見四面黯淡的神氣，實在忍耐不住，但是這些新奇的境地，和龐大的機器，確能使我的思想輪子，不住的轉動，細察這些機器的裝置和應用，實在不能說沒有一點興趣呢！過了幾天，我被編入紡紗的那一隊裏，那個紡車的裝置和轉動，我開手學習，也很要用我的腦力，去領會和記憶，所以那時候，我仍不失爲一個有活潑思想的人，常常從那油光的大銅片上，映出我兩頰微笑的窩痕。

那一年春天，很隨便的過去了！所有鮮紅的桃花托上，那時不是托着桃花，是托着嫩綠帶毛的小桃子，榆樹的殘花落了一地，那葉子却長得非常茂盛，遮蔽着那灼人肌膚的太陽，竟是一個天然的涼蓬。所有春天的燕子、杜鵑、黃鶯兒也都躲到別處去了，這一切新鮮夏天的景緻，本來很容易給人們一種新刺激和新趣味。但是在那工廠裏的人，實在得不到這種機會呢！

我每天早晨，一定的時間到工廠裏去，沒有別的爽快的事情和希望，祇是每次見你俯在窗子上，微笑着招呼，那便是我一天裏最快活的事情了！除了這件便是那急徐高低永沒變更過一次的軋軋隆隆的機器聲，充滿了我的兩耳和心靈，和永遠用一定規矩去轉動那紡車，這便是我每天的工作了！我的工作實在使我厭煩，有時我看見別的工人打鐵，我便有一個極熱烈的願望，就是要想把那鐵鎚放在我的手中，擎起來試打兩下，使那金黃色的火星格外多些，似乎能使這沈黑的工廠，變光明些。

有一次我看着劉良站在那鐵鑪旁邊，摸擦那把鐵鎚子，火星四散，不覺看怔了，竟忘記使紡車轉動，忽聽見一種嚴厲的聲音道「唉！」我嚇了一跳，擡頭祇見管紡紗組的工頭板着鐵青的面孔，惡狠狠地向我道：「這個工作便是你唯一的責任，除此以外，你不應該更想什麼；因爲工廠裏用錢雇你們來，不是叫你運用思想，祇是運用你的手足和機器一樣，謀得最大的利益，實在是你們的本分！」

唉！這些話我當時實在不能完全明白，不過我從那天起，我果然不敢更想什麼，漸漸成了習慣，除了謀利和得工資以外，也似乎不能更想什麼了！便是離開工廠以後，耳朵還是充滿着紡車軋軋的聲音和機器隆隆的聲音；腦子裏也祇有紡車怎樣動轉的影子，和努力紡紗的念頭，別的一切東西，我都覺得彷彿很隔膜的。

這樣過了三四年，我自己也覺得我實在是一副很好的機器，和那紡車似乎沒有很大的分別，因爲我紡紗不過是手自然的活動，有秩序的旋轉，除此更沒有別的意義。至於我轉動的熟習，可以說是不能再增加了！

在那年秋天裏的一天——八月十號——是工廠開廠的紀念日，放了一天工，我心裏覺得十分煩悶，便約了和我同組的一個同伴，到城外去疏散，我們出了城，耳旁頓覺得清靜了！天空也是一望無涯的蒼碧，不着些微的雲霧，祇有一陣陣地西風吹着那梧桐葉子，發出一種清脆的音樂來，和那激石潺潺的水聲互相應和，我們來到河邊，寂靜的站在那裏，水裏映出兩個人影，驚散了無數的游魚，深深地躲向河底去了。

我們後來揀到一塊白潤的石頭上坐下了，悄悄地看着水裏的樹影，上下不住的搖蕩，一個烏鴉斜刺裏飛過去了。無限幽深的美，充滿了我們此刻的靈魂裏，細微的思潮，好似游絲般不住地蕩漾，許多的往事久已被工廠裏的機器聲壓沒了，現在彷彿大夢初醒，逐漸地浮上心頭。

忽一陣尖利的秋風，吹過那殘荷的清香來，五年前一個深刻的印象，從我靈魂深處，漸漸地湧現上來，好似電影片一般的明顯；在一個鄉野的地方，天上的涼雲，好似流水般急馳過去，斜陽射在那蜿蜒的荷花池上，照着荷葉上水珠，晶晶發亮，一隊活潑的女學生，圍繞着那荷花池，唱着歌兒，這個快樂的旅行，實在是我一生最大的幸福呢！今天的荷花香，正是前五年的荷花香，但是現在的我，絕不是前五年的我了！

我想到我可親愛的學伴，更想到放在學校標本室的荷瓣和秋葵，我心裏的感動，我眞不知道怎樣可以形容出來，使你眞切的知道！』

荷姑說到這裏，喉嚨忽咽住了，眼眶裏滿含着痛淚，望着碧藍的天空，似乎求上帝幫助她，超拔她似的，其實這實在是她的妄想呵！我這時滿心的疑雲乃越積越厚，忍不住的問荷姑道：「你要我幫助的到底是什麼呢？」

荷姑被我一問，纔又往下說她的故事：

「那時我和我的同伴各自默默地沈思着，後來我的同伴忽和我說：「我想我自從進了工廠以後，我便不是我了！唉！我們的靈魂可以賣嗎？」呵！這是何等痛心的疑問！我祇覺得一陣心酸，愁苦的情緒，亂了我的心，我一句話也回答不出來！停了半天祇是自己問着自己道：「靈魂可以賣嗎？」除此我不能更說別的了！

我們爲了這個痛心的疑問，都呆呆地瞪視那去而不返的流水，不發一言，忽然從蘆葦叢中，跑出四五個活潑的水鴨來，在水裏自如的游泳着，捕捉那肥美的水蟲充飢，水鴨的自由，便使我們生出一種嫉恨的思想——失了靈魂的工人，還不如水鴨呢！——而這一羣惱人的水鴨，也似明白我們的失意，對着我們作出傲慢得意的高吟，不住「呵，呵！」的叫着，這個我們眞不能更忍受了！便急急地離開這境地，回到那塵煙充滿的城裏去。

第二天工廠照舊開工，我還是很早地到了工廠裏，坐在紡車的旁邊，用手不住搖轉着，而我目光和思想却注視在全廠的工人身上，見他們手足的轉動，永遠是從左向右，他們所站的地方，也永遠沒有改動分毫，他們工作的熟練，實在是自然極了！當早晨工廠動工鐘響的時候，工人便都像機器開了鎖，一直不止的工作，等到工廠停工鐘響了，他們也像機器上了鎖，不再轉動了！他們的面色，是黧黑裏隱着青黃，眼光都是木強的，便是作了一天的工作，所得的成績，他們也不見得有什麽愉快，祇有那發工資的一天，大家臉上是露着悽慘的微笑！

我漸漸地明白了，我同伴的話實在是不錯，這工廠裏的工人，實在不止是單賣他們的勞力，他們沒有一些思想和出主意的機會，——靈魂應享的權利，他們不是賣了他們的靈魂嗎？

但是我永遠不敢相信，我的想頭是對的，因爲靈魂的可貴，實在是無價之寶，這有限的工資便可以買去？或者工人便甘心賣出嗎？……「靈魂可以賣嗎？」這個絕大的難題，誰能用忠誠平正的心，給我們一個圓滿的回答呢！」

荷姑說完這段故事，祇是低着頭，用手摸弄着她的衣襟，臉上露着十分沉痛的樣子，我心裏祇覺得七上八下的亂跳，更不能說出半句話來，過了些時，荷姑纔又說道：『我所求你幫助我的，就是請你告訴我，靈魂可以賣嗎？』

我被她這一問，實在不敢回答，因為這世界上的事情不合理的太多呵！我實在自悔孟浪，為什麼不問明白，便應許幫助她呢？現在弄得欲罷不能！我急得眼淚溼透了衣襟，但還是一句話沒有，荷姑見我這種為難的情形，不禁歎道：『金錢雖是可以幫助無告的窮人，但是失了靈魂的人的苦惱，實在更甚於沒有金錢的百倍呢！人們祇知道用金錢周濟人，而不肯代人贖回比金錢更要緊的靈魂！』

她現在不再說什麼了！我更不能說什麼了！祇有懺悔和羞愧的情緒，激成一種小聲浪，責備我道：『幫助人呵！用你的勇氣回答她呵！靈魂可以賣嗎？』

## 思潮

開着窗戶，對着場圃，很暇豫的眺望；綠草剛剛萌芽，碧桃却含着無限的春意，對人微微笑着——輕盈而嬌艷；花影射在橫塘裏，惹得魚兒上下的徵逐；清閒快樂，這麼過一生，便北面封王也比不上這個好呵！在這波清氣爽的境地，幾個親密的朋友，拉着手在這草地上散步，唱着甜美的歌兒，天上的安琪兒都要羨慕呢！要是倦了，就坐在這塊滑潤的石頭歇着，聽水聲潺潺地流着，磐是一種天然的音樂，這石頭多少『玲瓏透剔』呵！……呀！像是甚麼地方也有這麼一塊？……哦！不錯，三個卷着頭髮，露着雪白小腿，藍眼睛白臉蛋的小女孩，倚在那石頭上，三四個遊公園的男學生，拏着照像器給她們拍照，那個頂小的，忽然垂着眼皮，突着嘴叫道：『蕭媽！我生氣啦！』這個聲音嬌憨而清脆，惹得四圍許多男的女的老的少的，都張着嘴，瞇着眼，嘻嘻哈哈地笑個不住。奇怪呵！他們眞像上了機器是的，嘴裏不住叫着『這孩子眞有意思！……眞有意思，嘻嘻嘻！』眼睛瞇着，不細看簡直看不出縫來。

一個老頭，一隻手拏着一根拐杖；一隻手摸着鬍子：彎曲着腰，也是『哈哈哈，』地笑；她更奇怪，倚在小山石上，一邊張着嘴笑得哎呀，哎呀的，一邊眼淚却好像『斷線眞珠般』往下墜。

忽然大家都寂靜了許許多多的眼神，都集中在那三個天眞爛熳的孩子身上；她們也很知道照像是一件很要注意的事情；挺直了腰，放好手，仰着頭，碧藍的三對小眼，也都聚精會神，對着像架那邊望着，現在已是準備好了，一個男學生笑着對她們說：『別動呵！要照啦！』忽然頂小的那個眼睛一轉，不知想起甚麼？趕緊轉過頭來，對着她那個看媽嚷道：『你瞧，你瞧，那邊一隻小狗狗；……一隻狗狗，』說着小手不由得舉起來往遠處——一隻西洋獅子狗伏的地方指着；跟着小腿也不覺得擡起來，一步一步的向前邁，漸漸邁得更快，竟跑着追起那個小狗來了。

許多經過她們旁邊的遊人，都站住看她們；起初人們都怔怔地望着她——追小狗的女孩子；靈魂都被她那活潑天眞的微妙勾了去，寂靜和幽祕是這時候的空氣；忽然一回頭，見那兩個稍大的女孩子，仍舊很穩靜的站在那裏，預備和希望照一張很整齊的相；這纔提醒了大家，一陣哈哈的笑聲，立刻破了空氣的寂靜。

她追着小狗，跑得累了，細弱的嬌喘，漲得柔嫩的面皮，紅豔直像澆着露水，新開的紫玫瑰花。

額上的頭髮也散了下來，覆在臉上；小手不住在胸口摩挲，望了衆人一眼，又犇犇跳跳地跑開了；跑到蕭媽面前，接了小白帽子，斜歪着戴在頭上，憨皮的樣子和稚琴簡直差不多；當天熱的時候，在大馬路上不是時常看見稚琴戴着那頂白蓬布帽子搖搖擺擺的走過嗎？得意而且活潑的神情，時時從她眼睛裏流露出來；公司門口那架大鏡子，當她走過這裏的時候，必要照一回。

照鏡子原是靠不住的事情啊！從前新世界裏放着八架鏡子，每一架鏡子，把人照成一個樣子，八架鏡子就把人照成八個樣子，德福她長得極胖——在學堂裏驗起身體來，她的體重總在一百五十斤以上，她可是極不相信她是眞胖，那天她逛新世界，看見一個個來逛的太太小姐們，都很細挑，竟惹起她的懷疑心來『我果比她們胖嗎？』這個念頭老在她心裏起伏，恰好她走到這架鏡子面前——一個照人細長的鏡子裏，立刻露出一個『長身玉立』的她，這一喜歡眞非同小可啊！她不覺自言自語的道：『人家都說我胖，塊頭大不好看，他們眞是沒眼睛呢？紹玉她在我們一堆算是頂小頂瘦的了，可是和我也差不多呢！到底是鏡子有準啊！』

胖子頂怕人說胖，可是愛睡覺就足以作胖子的特徵呢，姚先生他也是一個胖子，脂肪眞多呵，五臟都被脂肪蒙住了，腦子也膠住啦，所以頂喜歡睡覺，無論坐在車上或是椅上，到不了三分鐘，就可睡着；站在門檻上或柱旁邊，也是立刻要打呼的……那天他站在台階上看人家行結婚禮，嘴裏還啣着一枝呂宋煙，忽然煙捲從他嘴裏掉了下來；跟着『了不得，快着，快着……』一陣的亂叫，大家都嚇住了，擡頭往對面一看，原來是他又睡覺了，險些兒摔下來，幸虧旁邊的人扶得快，不然怕免不了頭破血流呢！——野狗又得一頓飽了。

嘿！野狗吃人血眞可怕呢！上次西郊外，難民阿三，不是被野狗把腿咬斷了嗎？血流了一地，像一道小紅河似的，野狗不久就把他喝乾了！人眞可憐呵！作了難民更可憐，對了他們『泣飢號寒』的同類，誰有良心能不爲他們叫屈呢？我們當然要幫助他們，使他們得到平安；他們又何嘗不希望人家拯救他們？祇是他們的運氣不好，有心的又沒力，有力的又沒心！他們就是把一隻耕地的肥牛牽出來賣，這個牛也不受他們的支配呢！無論賣給誰，牠都要用牠那個犄角作抵抗的武器，和人家拚命呢！必得等到王大來了，用一種甚麼降魔的方法，他纔帖帖服服跟他去了……世界上沒有方法是不能作事呵！

人家說王大知道牛脾氣，所以他能降伏牛，這些難民他不知道牛脾氣，又怎麼會降伏牛，以至於要牛救濟他們呢？鄉下人眞不懂事呵！那個馬驚了，趙老婆子不知道躲進屋裏去，反到躲在放螃蟹的木桶裏；螃蟹本是『橫行公子』，他怎解得救濟人？趙老婆的脚，竟被他那兩把大翦子夾得出了血，祇得不顧命的從桶裏竄了出來；一個不小心，木桶倒了，養螃蟹的腥水澆了她一身，直像一個雨淋的水鷄，像刺蝟般的縮作一團；怎麼不可笑呢！

公園的小孩，……胖子都趕不上這個有趣，哈哈！我不禁對着天空大笑起來。

『嘿！你莫非眞得了神經病嗎？』她——我的表妹推了我一下；我纔定了神，四面的看看，除了從窗戶射進來的陽光，照着壁上的鐘閃閃放光——似乎是新鮮的以外；其餘的佈置沒改平日分毫的樣子。剛才所湧現我眼前的東西，原來都是起伏不定的思潮，那個傻老太太也祇是從前的印象——現在的思潮呵！……

# 餘淚

這時候春天已快完了！尤牧師家裏那兩棵大白梨樹上已經沒有花朵；我隔着窗子望過去，幾個和棗一般大的小梨掛在枝子上；我便問尤老太太道：『這梨樹種了幾年了？結的梨還能喫嗎？』尤老太太瞇縫着眼，側着頭向窗外望了望道：『那個嗎？……還能喫……種的年代已不少了！』說着便又用手指掐算了半天道：『哼！……差不多和比倫一般年紀呢？日子眞快呵！比倫已經十三歲了……便是你也不是從前的樣子了！』說着又對我望了望。

我聽了尤老太太的話，便不由得想起以往許多的陳跡來了！我記得十一年前，我不過是十二歲的孩子；因爲過於頑皮的緣故，我的母親便把我送到尤老太太這裏來，請她用嚴厲的方法訓練我，這時尤老太太正作着修道院的院長，幷且在這修道院裏還附屬着一個高等小學校，尤老太太便叫我在一年級的課堂裏上課；我初到這裏來時，很覺得不慣；她們常常用很嚴厲的眼光，凝視我，每逢我臥在草地上，和那隻白毛獅子狗玩耍的時候，沒有一次不被尤老太太的責罰的！還有一次我爲這個過失，被關在一間又黑又陰的地窖裏；那個可恨沒有憐憫心的黑貓，眞把我嚇死了！當時我便大聲痛哭，喊叫起來，還好慈愛的白教師從這裏過，聽見我的哭聲，便開了地窖。把我領了出來；那時尤老太太也因爲聽見我哭叫的聲音趕來了，見我已經出來，伏在白教師懷裏抖顫着的可憐形狀，便改了她的怒容，露着愁悶的神氣，嘆了一聲道：『孩子！你該聽話了吧！……這種的懲罰是上帝常常馴練他的小羊的。』我當時憤恨極了！嘴裏雖不敢說甚麼；心裏着實的想咒罵她。

後來因爲起了革命的戰事；我全家都移往天津去了，母親便叫人把我接回來，我臨離修道院的時候；白教師親自送我上了車，還微笑和我說：『可愛的孩子！願上帝保佑你！祝福你！……我們或者還可以再見呢！』我這時不知怎麼也會覺得不好過起來，坐在車上，凝視白教師慈愛而微含淚痕的眼波，我又跳下車來；俯在白教師懷裏嗚嗚咽咽哭起來了！這時尤老太太也來到門口送我上車；見我又跳下來，便奇異的嘆着道：『唉！上帝的小羊現在應該分別了！……不要悲傷！孩子！上帝可以保佑你使我們一定有相見的日子，至遲也過不了最後受裁判的時候！……孩子！你捨不得那隻狗嗎？那實在是你的小伴侶！天父一樣的也愛惜那些生物呢！不要悲傷！到處都有你的好伴侶；因爲上帝承認一切人都是他的兒子！基督一樣的要替他們流血！孩子！你明白嗎？去吧！去吧！』我聽了尤老太太這些話。心裏已覺安慰了許多！又經車夫的催促，沒法子又跳上車子，車夫很快的加了兩鞭，那馬便放開蹄子，向前飛奔去了。沒有五分鐘已看不見那尤老太太和白教師的影兒了。

自從那次分別後，我家裏雖然不久又回到北京來，但是我已經改了求學的地點；一直不曾到那里去，現在不覺已是十一年了！

尤老太太這時正掀着那頌主詩歌看，嘴裏也不住的哼哼着，和十一年前的樣子似乎沒有變更；不過嗓音覺得微弱些，頭髮更白了，竟和銀絲那麼白得發亮，——因爲她正迎着太陽坐着——臉上的縐紋也深了，量起來總有兩三分的光景，我看到這里也不禁嘆道：——

『光陰實在快得和馬跑一樣，我們不見已經十一年了。』

『十一年了嗎？可怕的日子快得竟不容人喘氣！像這個樣子甚麼事情，不都是一瞥就完了嗎？』尤老太太說着不住的嘆息着：我也沒話回答她，祇是怔怔地在那里回想，那一句『什麼事情不都是一瞥就完了嗎？』尤老太太見我不回答她的話；便又說道：『你們青年的人，大約不明白這個道理；你們高高興興在那里度春天的光陰，那裏知道，一轉眼可怕的秋天和冬天便追着你們的後邊來了！那時你們或者明白，什麼事情都是一瞥就過去了！』

『是的！我們很明白事情眞正和流水一般，一瞥就完了！過去了！』我隨隨便便地，這麼答應，其實我這時那有工夫，想到這些上頭去呢？我正在回憶她——可親可愛的白教師呢？她一副純潔溫藹的眼波，時時流露出誠實和慈悲的表示來；襯着她那時現笑容的嘴唇，——不厚不薄的嘴唇皮，——實在沒有一點不適當的樣子，她總喜歡穿着一身白衣服，彷彿聖母那般純潔那般尊嚴！她每次跪在神像前祈禱；我聽了她那懇摯的聲調，我不由得便要大受感動，……現在這些事情都已經過去了！我回想她便怎麼樣呢？我實在很愿意知道一點關於她的消息呢！……這個尤老太太許知道，我便決定問她了。

『尤老太太！你能告訴點關於白教師的消息嗎？……我實在很記念她！』

『呵孩子！孩子！……你現在大了！但是我還是稱你孩子吧！孩子是沒有罪孽的……你愿意知道

白教師的消息嗎？……不錯！少年人總是有好奇心！』

尤老太太一邊說着，一邊用手理平那本聖書已經捲疊起來的書角；說到這里，忽然又把話截斷，說別的去用手指着那特別捲疊的書角說：『孩子們用東西永不知道愛惜……三角錢原不是很容易的呢！』我還是記掛白教師的消息，見她停住不說，因又提醒她道：——

『白教師到底怎麼樣呵！』

『哦！果然孩子們沒有忍耐心，這算什麼你便急了！……好！好！你把椅子靠近我些。』我果眞把椅子向她挪了一挪。

『好孩子！……到底不和從前那樣頑皮了！……上帝要永遠保佑你呵！』尤老太太說着話又把眼鏡脫了下來；謹謹愼愼把他放在盒子裏，用手絹擦了擦眼睛，對我看了看才說道：

『孩子！注意聽着呵！……不！當我告訴你她的消息之前，我應當禱告上帝使她的光榮，永遠普照在世界上！』說着她果眞跪在神像前，發着誠懇的高聲禱告說：——

『主呵！我們的天父！你是極慈悲的！你願意人類都爲他們的朋友捨命！愛他們的同伴和自

己一樣！主呵！時機到了！求你幫助我，能使我的話，深深印在這個少年人的心上，愛她的同伴，和她自己一樣！……主呵！我知道你必不拒絕我的請求呵！慈愛的天父！……』阿們。

她誠懇的聲調，使我受了極大的感動；不由自主也跪在她的傍邊了！

尤老太太禱告完，站了起來，滿面露着安寧的微笑說道：『孩子！我們這裏坐着吧！現在可以開始說這段故事了！』我們就都到靠窗戶那邊的椅子上坐下。

『孩子！你記得你爲什麼緣故離開我這里嗎？』

『是的！我很記得！就是爲了革命的戰事！』尤老太太聽我這樣回答，便點點頭嘆了一口氣道：『不錯！你記性很不壞！……但是這種深刻的印象，誰都不容易把他忘記呢？……流了多少血呵！唉！上帝！……罪過！差不多成了河了！最可怕的在這修道院門前，大槐樹上，挂着那個沒有頭，脖頸縮在腔子裏邊去，滿了血痕的尸首，我那天眞是不舒服！不幸的，殘忍的，人類！我爲他們流淚！我爲他們羞辱！爲什麼自己這樣殘害自己？』尤老太太說到這裏，當眞的流下淚來，我也不免一陣心酸，覺得他們實在太殘忍了！

『自從發見那個死尸之後，我在聖母的神像前，爲他們祈禱了整整一個禮拜，有一天我正在替他們懺悔，禱告得最痛切的時候，我實在禁不住爲他們痛哭！忽然聽見一個人很深沉歎息的聲音，我這時候眞以爲聖母顯現，便慢慢擡起頭來，往神像前面一看，祇是一個人穿着潔白的大衣，低着頭，垂着眼皮，絲毫不動的站在那里，那種靜穆幽深的神情，我一時竟糊塗了，認不出她便是白教師，我用手在我胸前畫了十字，又繼續祈禱下去，那聲調更加誠懇了！等到起來的時候，忽見那個女子也跪在那神像的面前呢！這時我纔認出她來，我便問她。

『「你也是爲那尸首的緣故來，替他們懺悔嗎？」她便歎了一聲道：「這不過戰事的開始呵！比這個殘忍不知道還有多少呢！」

『「那麽我們應當怎麽樣呢？」我不免懷疑着這麽問白教師，她祇流着淚說：「這祇有求上帝，幫助我們用基督的名義，喚醒他們罪惡的夢！……因爲基督是吩咐他的門徒，愛他們的朋友，和愛自己一樣」！

『「好！這個使命要誰去擔當呢！……差不多他們的心和鐵一樣的硬了！他們看流血是一件

下酒的美榮呢！』

尤老太太述到這裏，便拍着我的肩膀說：『這些都是已經過去的事情了！……他們流的血都已乾得沒有痕跡！但是現在怎麼樣呢？……他們現在不革命了，流的血倒快成了海了！這是為甚麼？……唉！怕祇有上帝知道吧！』尤老太太這時端起茶杯，嚥了一口茶，用手摸了摸她額上那深而且寬的縐紋，又接着往下說道：——

『自從我們在神像前遇見的那一天分手後，我一直五天，沒有看見白教師，我很覺得奇怪！平常她不是這樣的，我們差不多每一日在朝晨上查經的時候，都要見面一次的；……當時我很責怪她！……少年人作事沒有一點計算，這種亂烘烘的時代，還敢到街上亂跑去，我問了她同住的朋友，她們也不明白她究竟到什麼地方去，就知道她在前五日的一個下午，她穿上出門旅行的外衣，手裏提了一個小皮包，忽忽地出大門去了。她走到院子裏的時候，曾遇見那個看門的猶大，她祇告訴他有要緊的事出去走走，別的她也全沒多說一句。

『一直過了兩禮拜，還不見她回來，大家的確驚慌起來，我更沒了主意！便跑到李牧師那裏，請他派人去探訪探訪，李牧師便派了四個美國兵到大街各巷找了幾天，也一點蹤影都沒有！……

……唉！孩子！你們大約沒有嘗過這種驚人的風波吧！

『又過了兩天，忽然接到她一封信，這封信是在天津發的，她信裏說：——

『「在基督的足下，不幸發生了自己殘害自己的罪惡來，誰能不爲這事傷心和羞恥呢？……

……在一堆的小羊裏，我們看見了一個猛虎，來欺辱他們，我們不能不憤怒去趕開他，沒有愛心的强暴！爲這些小羊的保護者！若果我們看見一羣羊，他們自己紛爭起來了！甚至於大羊咬起小羊的脖頸來！我們怎麼樣呢？他們原是同類呵！唉，天下最可傷心的事，有過於這個的嗎？最羞恥的事，有過於這個嗎？不幸的羊羣，現在眞眞自相殘害起來了！他們在湖北武昌設下可怕的鎗礮，他們的血已經成了河了！他們還沒有明白他們的錯誤！唉，親愛的院長呵！我願意擔當上帝的使命，去喚醒他們的迷夢，這是上帝委託我的，——是我應盡的責任，我在天津躭擱兩天；還要折回來到漢口去，但是我沒有機會和你握別了！我們預備在上帝那里見吧！愿上帝祝福你！」

『她這封信到了以後，我們便都到禮拜堂爲她祈禱上帝，幫助她早早成功，但從那天以後，我們便不知道她的蹤跡了！不久戰事終止，共和成功，我們會友正在禮拜堂聚會，感謝基督的恩惠；使人類不再發生，拏流血作下酒的菜的殘忍心。忽聽見一個少年痛哭的聲音，我們知道他一定有甚麼很傷心的罪惡，所以我們也都替他懇切的懺悔禱告完了，我們都站起來同唱頌主詩歌，……孩子！這種習慣你應該還記得吧！……我們那時按着這個順序，聚完會正要散會的時候；忽見適纔痛哭的少年，跑到宣道台上來說：「諸位親愛的會友呵！唉！慈悲的天父！」他又不禁的流下淚來！我們到會的人沒有一個臉上不現着驚奇的神氣，……孩子！你知道我那時候也免不了驚奇呢！……我今年活到五十二歲祇見過這麼一次呢！

『那少年哭了半天，他纔又接下去說：「我在上帝面前犯了極大的罪，我的手殺死過許多我的同伴！——爲了戰爭的緣故——他們流的血，可以把我飄起來，送到黑暗深坑裏去！但是我還是不明白，我是犯了不可懺悔的罪！有一天，我正在殺戮我的敵軍，最出力的時候，——因爲我是把他們戰敗了；所以我心裏着實的快意！我覺得我的鎗和刀，也非常活潑，和我一樣露着笑容，忽然在我身後，發現了很奇異的聲音，我不免回過頭來一看，祇見紅十字隊的一個隊員叫作白吾性的，站在我的身後，眼裏滿蓄淚水，臉色慘白着，我看了忽然手便軟了！不能再去殘害我的同類了！因問她說你為什麼這個樣子？」

『「「唉！可憐的熊海夫，你殺了他們覺得怎麼樣？」唉！諸君！我對於白女士所問的這個問題，我從來沒有想過，我殺他們一個頭，便好像從西瓜梗上，切下一個西瓜來，殺了就完了！我覺得怎麼樣？但是當時我被她真誠熱情激動了，我便不能不想一想，我殺了他們，覺得怎麼樣了！噯呀！諸君！我嘗到了靈魂上的痛苦了！當真我這時覺得滿身都是罪惡！和獰鬼一樣的殘忍！他們的頭，和我的頭，一樣長在脖子上，這是很自然的，我為什麼要把他故意的割下來呢？我當時越想越苦痛，我的靈魂真是受了絕大的創，忽然流下淚來，我把手裏的鎗刀都拋棄了，跪在她，——純潔的天使——面前求她赦免我的罪，求她替我懺悔，她很溫和在我額上親了一下說道：「上帝一定祝福你！……他永遠不棄掉迷路能回頭的小羊！」我這時心裏得了她的洗刷，果然輕鬆多了！正要和她一齊回營去，誰知敵軍乘我們沒有防備，冷不防放過一鎗來，正射在她的胸口上，唉！可憐她不久便到上帝那里去了！她臨死的時候，還微笑說：「熊先生我能使你回到你應該走的正路上去，永遠愛你的同伴，這是我最榮幸的紀念！我們再見吧！到上帝那里便可以見着了！」

『「唉！諸君！可敬的上帝的使者，白女士她現在回到上帝那里去了！我們應該繼續她的工作，給人類世界開一線的光明，替無數的罪人懺悔呵！」

『我們聽了這少年述說完這一段故事；便又接着開了一個追悼白教師的會，這便是她最榮耀的紀念了！孩子！你以爲怎麼樣呢！』

我這時一句話也回答不出來，祇有點點頭，過了些時，尤老太太又說道：『孩子！我回想起那殘忍的把戲，掛在那槐樹上，……這不過一瞥都完了！但是我餘淚還沒有乾了！爲這個羞恥和傷心，唉！上帝確能知道呵！』

一八，一九，二二，北京。

# 月下的回憶

晚涼的時候，困倦的睡魔都退避了，我們便乘輿登大連的南山，在南山之巔，可以看見大連全市。我們出發的時候，已經是暮色蒼茫，看不見嫣媚的夕陽影子了，登山的時候，眼前模糊；只隱約能辨人影；潄玉穿着高底皮鞋，幾次要摔倒，都被淡如扶住，因此每人都存了戒心，不敢大意了。

到了山巔，大連全市的電燈；如中宵的繁星般，密密層層滿佈太空，淡如說是鑽石綴成的大衣，披在淡裝的素娥身上，潄玉說比得不確，不如說我們乘了雲梯，到了淸虛上界，下望諸星，吐豪光千丈的情景爲逼眞些。

他們兩人的爭論，無形中引動我們的幻想，子豪仰天吟道：『舉首問明月，不知天上今夕是何年？』她的吟聲未竭，大家的心靈都被打動了，互相問道：『今天是陰歷幾時？有月亮嗎？』有的說十五；有的說十七；有的說十六；潄玉高聲道：『不用爭了！今日是十六，不信看我的日記本去！』子豪說：『旣是十六，月光應當還是圓的，怎麼這時候還沒看見出來呢？』淡如說：『你看那兩個山峯的中間，一片紅潤，不是月亮將要出來的預兆嗎？』我們集中目力，都望那邊[illegible]去了，果見那紅光越來越紅，半邊灼灼的天，像是着了火，我們靜悄悄地望了些時，那月兒已露出一角來了；顏色和丹沙一般紅，漸漸大了也漸漸淡了，約有五分鐘的時候，全個團團的月兒，已經高高站在南山之巔，下窺芸芸衆生了，我們都拍着手，表示歡迎的意思；子豪說：『是我們多情歡迎明月？還是明月多情，見我們深夜登山來歡迎我們呢？』這個問題提出來後，大家議論的聲音，立刻破了深山的寂靜，和夜的消沉，那酣眠高枝的鷓鴣也嚇得飛起來了。

淡如最喜歡在清澈的月下，嫵媚的花前，作蒼涼的聲音讀詩吟詞，這時又在那里高唱南唐李後主的虞美人，誦到『故國不堪回首月明中』聲調更加悽楚；這聲調隨着空氣震盪，更輕輕浸進我的心靈深處；對着現在玄妙籠月的南山的大連，不禁更回想到三日前所看見汚濁充滿的大連，不能不生一種深刻的回憶了！

在一個廣場上，有無數的兒童，拿着幾個球在那里橫穿豎衝的亂跑，不久鈴聲響了，一個一個和一羣蜜蜂般地湧進學校門去了；當他們往裏走的時候，我腦膜上已經張好了白幕，專等照這形形式式的電影，頑皮沒有禮貌的行動，憔悴帶黃色的面龐，受壓迫含抑悶的眼光，一色色都從我面前過去了，印入心幕了。

進了課堂，裏頭坐着五十多個學生，一個三十多歲有一點鬍鬚的男教員，正在那里講歷史，『支那之部』四個字端端正正寫在黑板上，我心裏忽然一動，我想大連是誰的地方啊？用的可是日本的教科書——教書的又是日本教員——這本來沒有什麼，教育和學問是沒有國界的，除了政治的臭味——他是不許藩籬這邊的人和藩籬那邊的人握手，以外人們的心都和電流一般相通的——這個很自然……

『這是那里來的，不是日本人嗎？』靠着我站在這邊兩個小學生在那竊竊私語，遂打斷我的思路，只留心聽他們的談話，過了些時，那個較小的學生說『這是支那北京來的，你沒看見先生在揭示板寫的告白嗎？』我聽了這口氣眞奇怪，分明是日本人的口氣，原來大連人已受了軟化了嗎？不久，我們出了這課堂，孩子們的談論聽不見了。

那一天晚上，我們住的房子裏，燈光格外明亮；在燈光之下有一個瘦長臉的男子，在那里指手畫脚演說：『諸君！諸君！你們知道用瑪琲培成的果子，給人喫了，比那百萬雄兵的毒還要大嗎？教育是好名詞，然而這種含毒質的教育，正和瑪琲果相同……你們知道嗎？大連的孩子誰也不曉得有中華民國呵！他們已經中了瑪琲果的毒了！……中了毒無論怎樣，終久是要發作的，你看那一條街上，是西崗子一連有一千餘家的暗娼，是誰開的，原來是保護治安的警察老爺，和暗探老爺們勾通地棍辦的，警察老爺和暗探老爺，都是喫了瑪琲果子的大連公學校的卒業生呵！』

他說到那里，兩個拳頭不住在桌上亂擊，口裏不住的咀咒，眼淚不竭的湧出，一顆赤心幾乎從嘴裏跳了出來！歇了一歇他又說：——

我有一個朋友，在一天下午，從西崗子路過；就見那灰色的牆根底下，每一家的門口，都有一個邪形鳩面的男子，蹲在那里，看見他走過去的時候，由第一個人起，連續着打起呼嘯來；這種奇異的暗號，眞是使人驚嚇，好像一羣惡魔要捕人的神氣；更奇怪的，打過這呼嘯以後立刻各家的門又都開了；有妖態蕩氣的婦人，向外探頭，我那個朋友看見她們那種樣子，已明白她們要強留客人的意思，只得低下頭，急急走過，經過他們門前，有的捉他的衣袖，有的和他調笑，幸虧他穿的是西裝，他們不知道他到底是什麼來歷，不敢過於造次，他纔得脫了虎口，當他纔走出胡同口的時候，從胡同的那一頭，來了一個穿着黃灰色短衣褲的工人；他們依樣的作那呼嘯的暗號；他回頭一看，那人已被東首第二家的一個高顴骨的婦人拖進去了！

唉！這不是瑪琲果的種子，開的沈淪的花嗎？

我正在回憶從前的種種，忽漱玉在我肩上擊了一下說：『好好地月亮不看，却在這漆黑樹影底下發什麼怔。』

漱玉的話打斷我的回憶，現在我不再想什麼了，東西張望，只怕辜負了眼前的美景！

遠遠地海水，放出寒慄的光芒來；我寄我的深愁於流水，我將我的苦悶付清光；只是那多事的月亮，無論如何把我塵濁的影子，清清楚楚反射在那塊白石頭上；我對着她，好像憐她，又好像惱她；憐她無故受盡了苦痛的磨折！恨她爲什麼自己要着迹，若沒這有形的她，也沒有這影子的她了，無形無迹，又何至被有形有迹的世界折磨呢？……連累得我的靈魂受苦惱……

夜深了！月兒的影子偏了，我們又從來處去了。

# 或人的悲哀

親愛的朋友KY；

我的病大約是沒有希望治好了！前天你走後，我獨自坐在窗前玫瑰花叢前面，那時太陽才下山，餘輝還燦爛地射着我的眼睛，我心臟的跳躍很利害，我不敢多想甚麽，只是注意那玫瑰花嬌艷的色采和清潤的香氣，這時風漸漸大了，於我的病體不能適宜，媛姊在門口招呼我進去呢。

我到了屋裏，仍舊坐在我天天坐着的那張軟布椅上，壁上的相片，一張張在我心幕上跳躍着，過去的一件一件事情，也湧到我潔白的心幕上來哩！KY，已經過去的，是事情的形式，那深刻的，使人酸楚的味道，仍舊深深地印在我的腦海中，滲在我的血液裏，回憶着便不免要飲泣！

第一次，使我懺悔的事情，就是我們在紫籐花架下，那幾張石頭椅子上坐着，你和心印談人生究竟的問題，你那時很鄭重的說：『人生那里有究竟！一切的事情，都不過像演戲一般，誰不是塗着粉墨，戴着假面具上場呢？……』後來你又說：『梅生和昭仁他們一場定婚；又一場離婚的事情，簡直更是告訴我們說：人事是作戲，就是神聖的愛情，也是靠不住的，起初大家十分愛戀的定婚，後來大家又十分憎惡的離起婚來。一切的事情，都是靠不住的，』心印聽了你的話，她便決絕的說：『我們遊戲人間吧！』我當時雖然沒有開口，給你們一種明白的表示，但是我心裏更決絕的，和心印一樣，要從此遊戲人間了！

從那天以後，我便完全改了我的態度；把從前冷靜考慮的心思，都收起來，只一味的放蕩着，——好像沒有目的地的船，在海洋中飄泊，無論遇到怎麽大的難事；我總是任我那時情感的自然，喜怒笑罵都無忌憚了！

有一天晚上，我獨自坐在冷清清的書房裏，忽然張升送進一封信來，是叔和來的。他說：他現在很悶，要到我這里談談，問我有工夫沒有？我那時毫不用考慮，就回了他一封說：『我正冷清得苦；你來很好！』不久叔和眞來了，我們隨意的談話，竟銷磨了四點多鐘的光陰；後來他走了，我心裏忽然一動，我想今天晚上的事情，恐怕有些太欠考慮吧？……但是已經過去了！況且我是遊戲人間呢！我轉念到這里，也就安貼了。

誰知自從這一天以後，叔和便天天寫信給我，起初不過談些學術上的問題，我也不以爲奇，有來必回，最後他忽然來了一封信說：『我對於你實在是十三分的愛慕；現在我和吟雪的婚事，已經取消了，希望你不要使我失望！』

KY！別人不知道我的爲人，你總該知道呵！我生平最恨見異思遷的人，況且吟雪和我也有一而之緣；總算是朋友，誰能作此種不可思議的事呢？當時我就寫了一封信，痛痛地拒絕他了。但是他仍然糾纏不清，常常以自殺來威脅我，使我脆弱的心靈，受了非常的打激！每天裏，寸腸九迴，既恨人生多罪惡！又悔自家太孟浪喫！KY！我失眠的病，就因此而起了！現在更蔓延到心臟了！昨天醫生用聽筒聽了聽，他說很要小心，節慮少思，或者可以望好喫！KY！這種種色色的事情，怎能使我不思呢？

明天我打算搬到婦嬰醫院去，以後來信，就寄到那邊第二層樓十五號房間；寫得乏了！再談吧！

你的朋友亞俠六月十日

親愛的KY：

我報告你一件很好的消息，我的心臟病，已漸漸好了！失眠也比從前減輕，從前每一天夜裏，至多祇睡到三四個鐘頭；就不能再睡了。現在居然能睡到六個鐘頭，我自己眞覺得歡喜，想你也一定要爲我額手稱賀！是不是？

我還告訴你一件事；這醫院裏有一個看護婦劉女士，是一個最篤信宗教的人，她每天從下午兩點鐘以後，便來看護我，她爲人十分和靄，她常常勸我信教；我起初很不以爲然，我想宗教的信仰，可以遮蔽眞理的發現；不過現在我却有些相信了！因爲我似乎知道眞理是尋不到，不如暫且將此心寄託於宗教，或者在生的歲月裏，不至於過分的苦痛！

昨天夜裏，月色十分淸明，我把屋裏的電燈擰滅了；看那皎潔的月光，慢慢透進我屋裏來；劉女士穿了一身白衣服，跪在床前低聲的禱祝，一種懇切的聲音，直透過我的耳膜，深深地侵進我的心田裏，我此時忽感一種不可思議的刺激，我覺得月光帶進神祕的色采來，罩住了世界上的一切，我這時雖不敢確定宇宙間有神，然而我却相信，在眼睛能看見的世界以外，一定還有一個看不見的世界了。

我這一夜，幾乎沒閉眼，怔怔想了一夜，第二天我的病症又添了！不過我這時徬徨的心神好像有了歸着，下午睡了一覺，現在已經覺得十分痊愈了！馬大夫也很奇怪我好得這麼快，他說：若以此種比例推下去——沒有變動；再有三四天，便可出院了。

今天心印來看我一次，她近來顏色很不好！不知道有甚麼病，你有工夫可以去看看她，大約她現在彷徨歧路；必定很苦！

你昨天叫人送來的一束蘭花；今天還很有生氣，這時他正映着含笑的朝陽，更顯得精神百倍，我希望你前途的幸福也和這花一樣燦爛！再談，祝你康健！

亞俠七月六日

KY吾友

我現在眞要預備到日本去找我的哥哥，因爲我自從病後便不耐幽居，聽說蓬萊的風景佳絕，我去散散心，大約病更可以除根了。

我希望你明天能來，因爲我打算後天早車到天津乘長沙丸東渡，在這里的朋友，除了你，和心印以外，還有文生，明天我們四個人在我家裏暢敍一下罷！我這一走，大約總要半年才能回來呢！

你明天來的時候，請你把昨天我叫人送給你看的那封心印的信帶了來，她那邊有一個問題，——『名利的代價是什麽？』我當時心裏很煩，沒有詳細的回答她，打算明天見面時，我們四個人討論一個結果出來，不過這個問題，又是和『人生究竟的問題』差不多，恐怕結果又是悲的多，樂的少，噯！何苦呵！我們這些人，總是不能安於現在，求究竟——這於人類的思想，固然有進步，但是精神消磨得未免太多了！……但望明天的討論，可以得到意外的完滿就好了！

我現在屋子裏亂得不成樣子，箱子裏的東西，亂七八糟堆了一床，我理得實在心煩，所以跑到外書房裏來，給你們寫信，使我的眼睛不看見，心就不煩了！說到這里，我又想起一件事了。

KY！你記得前些日子，我們看見一個盲詩人的作品，他說：『中午的太陽，把世界和世界的一切驚異，指示給人們，但是夜却把宇宙無數的星，無際限的空間，——全生活，廣大和驚異，指示給人們。白晝指示給人們的，不過是人的世界，黑暗和汚穢，夜却能把無限的宇宙，指示給人們，那里有美麗的女神，唱着甜美的歌，溫美的雲，織成潔白的地氈，星兒和月兒，圍隨着低低地唱，輕輕地舞。』這些美麗的東西，豈是我們眼睛所能領略得到的呢？KY我寧願作一個瞎子呢！倘若我眞是個瞎子，那些可厭的雜亂的東西再不會到我心幕上來了。但是不幸！我實在不是個瞎子，我免不了要看世界上種種的罪惡的痕迹了！

任筆寫來不知說些什麽，好了！別的話留着明天面談吧！

亞俠九月二日

KY呵！

絲絲的細雨敲着窗子，密密的黑雲罩着天空，澎湃的波濤震動着船身；海天遼闊，四顧蒼茫，我已經在海裏過了一夜，這時正是開船的第二天早晨。

前夜，那所灰色牆的精緻小房子裏的四個人，握着手談着天何等的快樂？現在我是離你們一秒比一秒遠了！遠了！唉！爲什麽別離竟這樣苦呵！

我記得分別的那一天晚上，心印指着那迢迢的碧水說：『人生和水一樣的流動，歲月和水一樣的飛逝；水流過去了，不能再回來！歲月跑過去了，也不能再回來！希望亞俠不要和碧水時光一樣。早去早回呵。』KY這話眞使我感動，我禁不住哭了！

你們送我上船，聽見汽笛嗚咽悲鳴着，你們便不忍再看我，忍着淚，急急轉過頭走去了，我呢？

怔立在甲板上不住的對你們望，你們以爲我看不見你們了，用手帕拭淚偸眼往我這邊看，咳！KY這不過是小別便這樣難堪！以後的事情可以設想嗎？

『名利的代價是什麽？』心印的答案是『愁苦勞碌。』你却說：『是人生生命的波動；若果沒有這個波動，世界將呈一種不可思議的枯寂！』你們的話在我心裏，起伏不定的浪頭，在我眼底；我是浮沉在這波動之上，我一生所得的代價，只是愁苦勞碌。噯！KY！我心徬徨得很呵！往那條路上去呢？……我還是遊戲人間吧！

今天沒有什麽風浪，船很平穩，下午雨漸漸住了，露出流丹般的彩霞，罩着炊煙般的軟霧；前面孤島隱約，仿彿一隻水鴉伏在那里。海水是深碧的；浪花湧起，好像田田荷叢中窺人的睡蓮。我坐在甲板上一張舊了的藤椅裏，看海潮浩浩蕩蕩，翻騰奔掀，心裏充滿了驚懼的茫然無主的情緒，人生的眞象，大約就是如此了。

再有三天就可到神戶；一星期後可到東京，到東京住什麽地方，現在還沒有定，不過你們的信，可寄到早稻田大學我哥哥那里好了。

我的失眠症，和心臟病，昨日夜裏又有些發作，大約是因為勞碌太過的緣故，今夜風平浪靜，當得一好睡！

現在已經黃昏了。海上的黃昏又是一番景象，海水被紅日映成紫色，波浪被餘輝射成銀花，光華燦爛，你若是到了這里，大約又要喜歡得手舞足蹈了！晚飯的鈴響了，我喫飯去再談！

亞俠九月五日

KY吾友：——

我到東京不覺已經五天了。此地的人情風俗和祖國相差太遠了！他們的飲食；多喜生冷；他們起居，都在席子上，和我們祖國從前席地而坐的習慣一樣，這是進化呢？還是退化？最可厭的是無論到什麼地方，都要脫了鞋子走路；這樣赤足的生活，眞是不慣！滿街都是吱吱咖咖木屐的聲音，震得我頭疼，我現在厭煩東京的紛紛攪攪，和北京一樣！浮光底下；所蓋的形形色色，也和北京一樣！莫非凡是都會的地方都是罪惡薈萃之所嗎？眞是煩煞人！

昨天下午我到東洋婦女和平會去，——正是她們開常會的時候，我因一個朋友的介紹，得與此會；我未到會以前，我理想中的會員們，精神的結晶，是純潔的，是熱誠的。及至到會以後，所看見的婦女，是滿面脂粉氣貴族氏的夫人小姐；她們所說的和平，是片面的，就和那冒牌的共產主義者，只許我共他人之產，不許人共我的產一樣。KY！這大約是人世間必不可免的現象吧？

昨天回來以後，總念念不忘日間赴會的事，夜裏不得睡，失眠的病又引起了！今天心臟覺得又在急速的跳，不過我所帶來的藥還有許多，喫了一些，或者不至於再患。

今午喫完飯後，我跟着我哥哥去見一位社會主義者，他住的地方，離東京很遠，要走一點半鐘。我們一點鐘，從東京出發，兩點半到那里；那地方很幽靜，四圍種着碧綠的樹木和菜蔬，他的屋子就在這萬綠叢中。我們剛到了他那門口，從他房子對面那個小小草棚底下，走出兩個警察來，盤問我們住址、籍貫、姓名，與這個社會主義者的關係。我當時見了這種情形，心裏實感一種非常的苦痛，我想這些輩，固各人階級和權利的自私之蟲，不知他們造了多少罪孽呢？KY呵！那時我的心血沸騰了！若果有手槍在手，我一定要把那幾個借強權干涉我神聖自由的惡賊的胸口，打穿了呢！

麻煩了半天我們才得進去，見着那位社會主義者；他的面貌很和善，但是眼神却十分沈着。我見了他，我的心彷彿熱起來了！從前對於世界所抱的悲觀，而釀成的消極，不覺得變了！這時的亞俠，只想用彈藥炸死那些妨礙人們到光明路上去的障礙物，KY！這種的狂熱，回來後想想，不覺失笑！

今天我們談的話很多，不過却不能算是暢快；因爲我們坐的那間屋子的窗下，有兩個警察在那里監察着；直到我們要走的時候，那位社會主義者才說了一句比較暢快的話，他說：『爲主義犧牲生命，是最樂的事，與其被人的索子纏死，不如用自己的槍，對準喉嚨打死！』KY！這話的味道，何其雋永呵！

晚上我哥哥的朋友孫成來談，這個人很有趣，客中得有幾個解悶的，很不錯！

寫得不少了，再說罷！

亞俠九月二十日

KY呵！

我現在不幸又病了！仍舊失眠，心臟跳動，和在京時候的程度差不多。前三天搬進松井醫院，作客的人病了，除了哥哥的慰問外，還有誰來看視呢！況且我的病又是失眠，夜裏睡不着，兩隻眼看見的，是桌子上的許多藥瓶，藥末的紙包，和那似睡非睡的電燈，燈上罩着深綠的罩子，——醫生恐光線太強，於病體不適的緣故。——四圍的空氣，十分消沉、暗淡。耳朵所聽見的，是那些病人無力的吟呻，悽切的呼喚，有時還夾着隱隱地哭聲！

KY！我彷彿已經明白死是什麼了！我回想在北京婦嬰醫院的時候看護婦劉女士告訴我的話了；她說：『生的時候，作了好事，死後便可以到上帝的面前，那里是永久的樂園，沒有一個人臉上有愁容，也沒有一個人掉眼淚！』KY！我並不是信宗教的人，但是我在精神徬徨無着處的時候，我不能不尋出信仰的對象來，所以我健全的時候，我只在人間尋道路，我病痛的時候，便要在人間之外的世界，尋新境界了。

這幾天，我一閉眼，便有一個美麗的花園，——意象所造成的花園，立在我面前，比較人間無論那一處都美滿得多；我現在只求死，好像死比生要樂得多呢！

人間實在是虛僞得可怕！孫成和繼梓——也是在東京認識的，我哥哥的同學；他們兩個爲了我這個不相干的人，互相猜忌，互相傾軋，有一次，恰巧他們兩人。不約而同時都到醫院來看我，兩個人見面之後，那種嫉妒仇視的樣子，竟使我失驚！KY！我這時才恍然明白了！人類的利己心，是非常可怕的！并且他們要是歡喜什麼東西，便要據那件東西爲己有！

噯！我和他們兩個，只是淺薄的友誼，那里想到他們的貪心，如此利害！竟要作成套子，把我束住呢？KY！我的志向你是知道的，我的人生觀你是明白的，我對於我的生，是非常厭惡的！我對於世界，也是非常輕視的，不過我旣生了，就不能不設法不虛此生！我對於人類，抽象的概念，是覺得可愛的，但對於每一個人，我終覺得是可厭的！他們天天送鮮花來，送糖果來，我因爲人與人必有交際，對於他們的友誼，我不能不感謝他們！但是照現在看起來，他們對於我，不能說不是另有作用呵！

KY！你記得，前年夏天，我們在萬牲園的那個池子旁邊釣魚，買了一塊肉，那時你曾對我說：『亞俠！作人也和作魚一樣，人對付人，也和對付魚一樣！我們要釣魚，拿他甘心，我們不能不先用肉，去引誘他，他要想喫肉，就不免要爲我們所甘心了！』這話我現在想起來，實在佩服你的見識，我現在是被釣的魚，他們是要搶着釣我的漁夫，KY！人與人的交際不過如此呵！

心印昨天有信來說她現在十分苦悶，知與情常常起劇烈的戰爭！知戰勝了，便要沈於不得究竟的苦海，永刼難回！情戰勝了，便要沈淪於情的苦海，也是永刼不回！她現在大有自殺的傾向。她這封信使我感觸很深！KY！我們四個人除了文生尙有些勇氣奮鬬外，心印你我三個人困頓得眞苦呵！

我病中的思想分外多，我想了便要寫出來給你看，好像二十年來，茹苦含辛的生活，都可以在我給你的信裏尋出來。

KY！奇怪得很！我自從六月間病後，我便覺得我這病是不能好的，所以我有一次和你說，希望你，把我從病時，給你的信，要特別留意保存起來。……但是死不死，現在我自己還不知道，隨意說說，你不要因此悲傷吧！有工夫多來信，再談。祝你快樂！

亞俠十一月三日

KY：

讀你昨天的來信，實在叫我不忍！你爲了我前些日子的那封信，竟悲傷了幾天！KY！我實在感激你！但是你也太想不開了！這世界不過是個寄旅，不只我要回去，便是你，心印，文生，——無論誰？遲早都是要回去的呵！我現在若果死了，不過太早一點。所以你對於我的話，十分痛心！那你何妨想我現在是已經百歲的人，我便是死了，也是不可逃數的，那也就沒什麽可傷心了！

這地方實在不能久住了！這里的人，和我的隔膜更深，他們站在橋那邊；我站在橋這邊；要想握手是很難的，我現在決定回國了！

昨天醫生來說：我的病很危險！若果不能摒除思慮，恐怕沒有好的希望！我自己也這樣想，所以我不能不卽作歸計了！我的姑媽，在杭州住，我打算到她家去，或者能借天然的美景，療治我的沉疴，我們見面，大約又要遲些日子了。

昨夜我因不能睡，醫生不許我看書，我更加思前想後的睡不着，後來我把我的日記本拿來偸讀，當時我的感觸，和回憶的熱度，都非常利害，我顧不得我的病了！我起來把筆作書，但是寫來寫去，都寫不上三四個字，便寫不下去了，因又放下筆，把日記本打開細讀，讀到三月十日，我給心印的信上面，有幾首詩說：——

『我在世界上，
不過是浮在太空的行雲！
一陣風便把我吹散了，
還用得着思前想後嗎？』

『假若智慧之神不光顧我，
苦悶的眼淚
永遠不會從我心裏流出來呵！』

這一首詩可以爲我矛盾的心理寫照；我一方說不想什麼，一方却不能不想什麼，我的眼淚便從此流不盡了！這種矛盾的心理，最近更利害，一方面我希望病快好，一方面我又希望死，有時覺得死比什麼都甜美！病得利害的時候，我又懼怕死神果眞來臨！KY呵！死活的謎，我始終猜不透！祇有憑造物主的支配罷了！

我的行期，大約是三天以內，我在路上，或者還有信給你。

現在天氣漸漸冷了。長途跋涉，誠知不宜，我哥哥也曾阻止我，留我到了春天再走，但是KY！我心裏的祕密，誰能知道呢？我當初到日本去，是要想尋光明的花園，結果只多看了些人類偏狹心理的怪現狀！他們每逢談到東亞和平的話，他們便要眉飛色舞的說：這是他們唯一的責任，也是他們唯一的權利！歐美人民是不容染指的。他們不用鏡子，照他們魑魅的怪狀，但我不幸都看在眼裏，印在心頭，我怎能不思慮？我的病如何不添重？我不立刻走，怎麼過呢？

況且我的病，能好不能好，我自己毫無把握！我固然是厭惡人間，但是我活了二十餘年，我究竟是個人，不能沒有人類的感情，我還有母親，我還有兄嫂，他們和我相處很久；我要走了，也應該和他們辭別，我所以等不到春天，就要趕回來了！

我到杭州住一個禮拜，就到上海去，若果那時病好了，當到北京和你們一會。

我從五點鐘，給你寫信，現在天已大亮了！醫生要來，我怕他責備我，就此擱筆吧！

亞俠十二月五日

親愛的KY

我離東京的時候，接到你的一封信，當時忙於整理行裝，沒有覆你，現在我到杭州了。我姑媽的屋子，正在湖邊，是一所很精緻的小樓；推開樓窗，全湖的景色，都收入腦海，我疲病之身，受此自然的美麗的沐浴，覺得振刷不少！

湖上天氣的變幻，非常奇異，我昨天到這里，安頓好行李，我便在這窗前的藤椅上坐下，我看見湖上的霧很快——大約五分鐘的工夫，便密密冪起，四圍的山，都慢慢地模糊了。跟着淅淅瀝瀝的雨點往下洒，遊湖的小船，被雨打得船身左右震盪，但是不到半點鐘，雨住雲散，天空飛翔着鮮紅的彩霞，青山也都露出格外翠碧的色彩來。山澗裏的白雲，隨風嬝娜，眞是如畫境般的湖山，我好像作了畫中的無愁童子，我的病似乎好了許多。

我姑媽家裏的表兄名叫劍楚的，我們本是幼年的伴侶；但是隔了五六年不見，大家都覺得生疏了！這時他已經有一個小孩子，他的神氣，自然不像從前那樣活潑，不過我苦悶的時候，還是

和他談談說說覺得好些！（十二月二十日寫到此）

KY！我寫這封信的一半，我的病又變了，所以直遲了五天，才能繼續着寫下去，唉！KY！你知道惡消息又傳來了！

我給你寫信的那天晚上，——我才寫了上半段，劍楚來找我，他說：『唯逸已於昨晚死了！』唉！KY！這是什麼消息？你回想一年前，我和你說唯逸的事情，你能不愴然嗎？唯逸他是極有志氣的青年，他熱心研究社會主義，他曾決心要爲主義犧牲，但是他因爲失了感情的慰藉，他竟抑抑病了，昨晚竟至於死了。

他有一封信給我，寫得十分淒楚，裏頭有一段說：『亞俠！自從前年夏天起，我便種了病的因，只因爲認識了你！……但是我的環境，是不容我起奢望的，這是知識告訴我，不可自困！然而我的精神，從此失了根據。我覺得人生眞太乾枯！我本身失去生活的趣味，我何心去助增別人的生活趣味？爲主義犧牲的心，抵不過我厭生的心，……但是我也不願意作非常的事，爲了感情，犧牲我前途的一切！且知你素來潔身自好，我也決不忍因愛你，故而害你，但是我終放不下你！亞俠！現在病已深入了！我深藏心頭的祕密，才敢貢諸你的面前！你若能爲你忠心的僕人，叫一聲可憐！我在九泉之靈也就榮幸不少了！……』唉！KY！遊戲人間的結果，只是如此呵！

我失眠兩天了！昨天還吐了幾口血，現在疲乏得很！不知道還能給你幾封信呵！

亞俠伏枕書十二月二十五日

KY親愛的朋友：

在這一個星期裏，我接到你兩封信，心印和文生各一封信，但是我病了，不能回你們！唉！KY！我想不到，我已經不能回上海了！也不能到北京了！昨天我姑媽打電報給我的家裏，今天我母親嫂嫂已經來了！她們見了我，只是掉眼淚，我的心也未嘗不酸！但是奇怪得很！我的淚泉，不知在什麼時候已經乾枯了？

自從上禮拜起，我就知道我的病，是不能好了！我便把我一生的事情，從頭回想一遍，拉雜寫了下來！現在我已經四肢無力，頭腦作痛，眼光四散，我不能寫了！唉！

……………………

「我一生的事情平常得很沒什麼可記，但是我精神上起的變化，却十分劇烈；我幼年的時候，天眞爛漫，不知痛苦。到了十六歲以後，我的智情都十分發達起來。我中學卒業以後，我要到西洋去留學，因爲種種的關係，作不到，我要投身作革命黨，也被家庭阻止，這時我深嘗苦痛的滋味！

但是這些磨折，尙不足以苦我！最不幸的，是接二連三，把我陷入感情的漩渦，使我欲拔不能！這時一方又被知識苦纏着，要探求人生的究竟，化費了不知多少心血，也求不到答案！這時的心，徬徨到極點了！不免想到世界旣是找不出究竟來，人間又有什麼眞的價值呢？努力奮鬭，又有什麼結果呢？并且人生除了死，沒有更比較大的事情，我旣不怕死，還有什麼事不可作呢！……唉！這時的我，幾乎深陷墮落之海了！……幸一方面好強的心，很占勢力，當我要想放縱性慾的時候；他在我頭上，打了一棒，我不覺又驚醒了！不敢往這里走，但是究覺往什麼地方去呢？我每天夜裏睡在床上，殫精竭慮的苦事搜求，然而沒有結果！

我在極苦痛的時候，我便想自殺，然而我究竟沒有勇氣！我否認世界的一切；於是我便實行我遊戲人間的主義，第一次就失敗了！接二連三的，失敗了五六次！唯逸因我而死！叔和因我而病！

我何嘗遊戲人間？只被人間遊戲了我！……自身的究竟，既不可得，茫茫前途，如何不生悲悽之感！

唉！天乎！不可治的失眠病，從此發生！心臟病，從此種根！顛頓了將及一年，現在將要收束了！

今夜他們都睡了。更深人靜，萬感叢集！——雖沒死的勇氣，然而心頭如火煎逼！頭腦如刀劈，劍裂！我縱不欲死，病魔亦將纏我至於死呵！死神還不降臨我？實在等不得了！這時我努力爬下床來，抖戰的兩腿，使我自己驚異！這時窗子外面射進一縷寒光來，湖面上銀花閃爍，我曉得那湖底下朱紅色的珊瑚床，已爲我豫備好了！雲母石的枕頭，碧綠青苔泥的被褥，件件都整理了！……我回去吧！唉！親愛的母親！嫂嫂！KY……再見吧！』

……………………………………

我表姊，昨夜不知什麼時候，跳在湖心死了！她所寫的信，和她自己的最後的一頁日記，都放在枕邊。唉！湖水森寒，從此人天路隔！KY！姊呵！我表姊臨命時候，瘦弱的可憐的影子，永遠深深刻在我腦幕上，今天晚上，我走到她住的屋子裏去，但見雪白的被單上，濺着幾滴鮮紅的血跡，那有我表姊的影子呢？我禁不住坐在她往日常坐的那張椅子上，痛哭了！

她的尸首，始終沒有撈到，大約是沉在湖底，或者已隨流流到海裏去了。

她所有的東西，都收拾好，交給我舅母帶回去，有一本小書——生之謎，上面寫着留給你作紀念品的，我現在由郵寄給你，望你好好保存了吧！

亞俠的表妹附書。一月九日

# 麗石的日記

海濱故人

今日春雨不住響的滴着，窗外天容慘淡，耳邊風聲淒厲，我靜坐幽齋，思潮起伏，只覺悵然惘然！

去年的今天，正是我的朋友麗石超脫的日子，現在春天已經回來了，並且一樣的風凄雨冷，但麗石那慘白梨花般的兩靨，誰知變成什麼樣了！

麗石的死，醫生說是心臟病，但我相信麗石確是死於心病，不是死於身病，她留下的日記可以證實，現在我將她的日記發表了吧！

十二月二十一日　不記日記已經半年了。只感覺着學校的生活單調，吃飯，睡覺，板滯的上課，教員戴上道德的假面具，像俳優般舞着唱着，我們便像傻子般看着聽着，眞是無聊極了。

圖書館裏，擺滿了古人的陳跡，我掀開了屈原的離騷念了幾頁，心竊怪其愚——懷王也值得深戀嗎？……

下午回家寂悶更甚；這時的心緒，眞微玄至不可捉摸……日來絕要自制，不讓消極的思想入據靈台，所以又忙把案頭的奮鬥雜誌來讀。

晚飯後，得歸生從上海來信——不過寥寥幾行，但都係心坎中流出，他近來因得不到一個歸宿地，常常自戕其身，白蘭地酒，兩天便要喝完一瓶……他說：『沈醉的當中，就是他忘憂的時候』唉！可憐的少年人！感情的海裏，豈容輕陷？固然指路的紅燈，祇有一盞，但是這『萬矢之的』底紅燈，誰能料定自己便是得勝者呢？

其實像海蘭那樣的女子，世界上絕不是僅有，不過歸生是永遠不了解這層罷了。

今夜因爲復歸生的信，竟受大困——的確我搜盡枯腸，也找不出一句很恰當的話，那是足以安慰他的，……其實人當眞正苦悶的時候，絕不是幾句話所能安慰的喲！

十二月二十二日　今天因俗例的冬至節，學堂裏放了一天假，早晨看姑母們忙着預備祭祖，不免起了想家的情緒，憶起『獨在異鄉爲異客，每逢佳節倍思親』愴然下淚！

姑丈年老多病，這兩天更覺頹唐，乾縐的面皮，消沉的心情，眞覺老時的可憐！

午後沅青打發侍者送紅梅來，幷有一封信說：『現由花廠買得紅梅兩株，遣人送上，聊襲古人寄梅伴讀的意思』我寫了回信，打發來人回去，將那兩盆梅花，放在書案的兩旁，不久斜陽銷跡，殘月初升，那清淡的光華，正籠照在那兩株紅梅上，更見精神。

今夜睡得極遲，但心潮波湧，入夢仍難，寂寞長夜，只有梅花吐着幽香，安慰這生的漂泊着呵！

十二月二十四日　窮冬嚴寒，朔風虎吼，心緒更覺無聊，切盼沅青的信，但是已經三次失望了。大約她有病吧？但是不至如此，因爲昨天見面的時候，她依舊活潑潑地，毫無要病的表示呵，咳！除此還有別的原因嗎？……我和他相識兩年了，當第一次接談時，我固然不能決定他是怎樣的一個人，但是由我們不斷的通信和談話看來，她大約不至於很殘忍和無情吧！……不過：『愛情是不能買預約劵的，也不是一成不變的……』變幻不測的人類，誰能認定他們要走的路呢？

下午到學校聽某博士的講演，不期遇見沅青，我的憂疑更深，心想沅青既然沒病，爲什麼不來信呢？當時賭氣也不去理她，草草把演講聽完，愁悶着回家去了，晚飯懶喫，獨坐沈思，想到無聊的地方，陡憶起佛經所說：『菩薩畏因，衆生畏果』我不自造惡因，安得生此惡果？從此以後，謹慎造因罷！情感的漩渦裏，只是愁苦和忌恨罷了，何如澄澈此心，求慰於不變的『眞如』呢……想到這裏，心潮漸平，不久就入睡鄉了。

十二月二十五日　昨夜睡時，心境平穩，惡夢全無，今早醒來，不期那紅灼灼的太陽，照滿綠窗了。我忙忙自床上坐了起來，忽見桌上放着一封信，那封套的尺寸和色澤，已足使我澄澈的心紊亂了，我用最速的目力，把那信看完了，覺得昨天的懺悔，眞是多餘，人生若無感情維繫，活着究有何趣？春天的玫瑰花芽，不是虧了太陽的照拂，怎能露出嬌艷的色澤？人類生活，若缺乏情感的點綴，便要常淪到乾枯的境地了，昨天的芥蒂，好似秋天的浮雲，一陣風洗淨了。

下午赴漱生的約，在公園聚會，心境開朗，覺得那莊嚴的松柏，都含着深甜的笑容，景由心造，眞是不錯。

十二月二十六日　今天到某校看新劇，得到一種極劣的感想——當我初到劇場時，見她們站在門口，高聲譁笑着，遇見來賓，由她們身邊經過，她們總作出那驕傲的樣子來，惹得那些喜趁機侮辱女性的青年，竊竊評論，他們所說的話，自然不是持平之論，但是喜虛榮的缺點，卻是不可避免之譏呵！

下午雯薇來——她本是一個活潑的女孩，可惜近來却憔悴了——當我們回述着兒時的興趣，過去的快樂更比身受時加倍但不久我們的論點變了。

雯薇結婚已經三年了，在人們的觀察，誰都覺得她很幸福，想不到她內心原藏着深刻的悲哀，今天却在我面前發現了，她說：『結婚以前的歲月，是希望的，也是極有生趣的，好像買彩票希望中彩的心理一樣，而結婚後的歲月，是中彩以後，打算分配這財產用途的時候，只感得勞碌，煩燥，但當阿玉——她的女兒——沒出世之前，還不覺得……現在才眞覺得彩票中後的無趣了。孩子譬如是一根柔韌的彩線，被她綑住了，雖是厭煩，也無法解脫。』

四點半鐘雯薇走了，我獨自回憶着她的話，記得甲必丹之女書裏，有某軍官與彼得的談話說：『一娶妻什麼事都完了。』更感煩悶！

十二月二十七日　呵！我不幸竟病了，昨夜覺得心燥頭暈，今天竟不能起床了，靜悄悄睡在軟籐的床上，變幻的白雲，從我頭頂慢慢經過，爽颯的風聲，時時在我左右迴旋，似慰我的寂寞。

我健全的時候，無時不在栗六中覓生活，我只領略到煩攪，和疲敝的滋味，今天我才覺得不斷活動的人類的世界也有所謂『靜』的境地。

我從早上八點鐘醒來，現在已是下午四點鐘了，我每回想到健全時的勞碌和壓迫，我不免要懇求上帝，使我永遠在病中，永遠和靜的主宰——幽祕之神——相接近。

我實在自覺慚愧，我一年三百六十日中，沒有一天過的是我眞願過的日子，我到學校去上課，多半是爲那上課的鈴聲所勉強，我恬靜的坐在位子上，多半是爲教員和學校的規則所勉強，我一身都是擔子，我全心也都爲擔子的壓迫，沒有工夫想我所要想的。

今天病了，我的先生可以原恕我，不必板坐在書桌裏，我的朋友原諒我，不必勉強陪着她們到操場上散步……因爲病被衆人所原諒，把種種的擔子都暫且擱下，我簡直是個被赦的犯人，喜悅何如？

我記得海蘭曾對我說：『在無聊和勉强的生活裏，我只盼黑夜快來，幷望永永不要天明，那末我便可忘了一切的煩惱了』她也是一個生的厭煩者呵！

我最愛讀元人的曲，平日爲刻板的工作範圍了，使我不能如願，今夜神思略淸，因挈了一本元曲就着爛閃的燈光細讀，眞是比哥命布發現了新大陸，還要快活呢！

我讀到黃粱夢一折，好像身駕雲霧，隨着驪山老母的繩拂，上窮碧落了。我看到東華帝君對呂岩說：『……把些個人間富貴，都作了眼底浮雲』又說：『他每得道淸平有幾人？何不早抽身？出世塵，儘白雲滿溪，鎖洞門，將一函經手自繙；一爐香手自焚，這的是淸閒眞道本。』似喜似悟，唉！可憐的怯弱者呵！在擔子底下奮鬪，筋疲力盡，誰能保不走這條自私自利的路呢！

每逢遇到不如意事時，起初總是憤憤難平，最後就思解脫，這何嘗是眞解脫，唉！只自苦罷了！

十二月二十九日　二十八日熱度稍高，全身軟疲，不耐作字，日記因闕，今早服了三粒『金鷄納霜』這時略覺淸楚。

回想昨天情景，只是昏睡，而睡時惡夢極多，不是被逐於虎狼，就是被困於水火，在這恐怖的夢中，上帝已指示出人生的縮影了。

午後雯薇使人來問病，幷附一信說：『我吐血的病，三年以來，時好時壞，但我不怕死，死了就完了』她的見解實在不錯！人生的大限，至於死而已；死了自然就完了。但死終不是很自然的事呵！不願意生的人固不少，可是同時也最怕死；這大約就是滋苦之因了。

我想起雯薇的病因，多半是由於內心的抑鬱，她當初作學生的時代，十分好強，自從把身體捐入家庭，便弄得事事不如人了——好強的人，只能聽人的讚揚，不幸受了非議，所有的希望便要立刻銷沉了。其實引起人們最大的同情，只能求之於死後，那時用不着猜忌和傾軋了。

下午歸生的信又來了，他除爲海蘭而煩悶外，沒有別的話說，恰巧這時海蘭也正來看我，我便將歸生的信讓她自己看去，我從旁邊觀察她的態度，只見她兩眉深鎖，雙睛發直；等了許久，她才對我說：『我受名教的束縛太甚了，……拌且我不能聽人們的非議，他的意思，我終久要辜負了，請你替我盡友誼的安慰吧！……這一定沒有結果的希望！』她這種似迎似拒的心理，看得出她智情激戰的痕跡。

正月一日　今天是新年的元旦，當我睡在床上，看小表妹把新日曆換那舊的時，固然也感到日子的飛快；光陰一霎便成過去了。但跟着又成了未來，過去的不斷過去，未來的也不斷而來，淺近的比喻，就是一盞無限大的走馬燈，究有什麽意思！

今天看我病的人更多了，她們幷且怕我寂寞，倡議在我房裏打牌伴着我，我難却她們的美意，其實我實在不歡迎呢？

正月三日　我的病已經好了，今天沅青來看我，我們便在屋裏圍着火爐清談竟日。我自從病後，一直不曾和歸生通信，——其實我們的情感只是友誼的，我從不願從異性那裏求安慰，因爲和他們——異性——的交接，總覺得不自由。沅青她極和我表同情，因此我們兩人從泛泛的友誼上，而變成同性的愛戀了。的確我們兩人都有長久的計畫，昨夜我們說到將來共同生活的樂趣，眞使我興奮！我一夜都是作着未來的快樂夢。

我夢見在一道小溪的旁邊，有一所很清雅的草屋，屋的前面，種着兩棵大柳樹，柳枝飄拂在草房的頂上，柳樹根下，拴着一隻小船，那時正是斜日橫窗，白雲封洞，我和沅青坐在這小船裏，御着清波，漸漸馳進那蘆葦叢裏去。這時天上忽下起小雨來，我們被蘆葦嚴嚴遮住，看不見雨形，只聽見淅淅瀝瀝地雨聲，過了好久時已入夜，我們忙忙把船開回，這時月光又從那薄薄涼雲裏露出來，照得碧水如翡翠砌成，沅青叫我到水晶宮裏去遊逛，我便當眞跳下水，忽覺心裏一驚就醒了。

回思夢境，正是我們平日所希冀的呵！

正月四日　今天因爲沅青不曾來，只感苦悶！走到我和沅青同坐着念英文的地方，更覺得忽忽如有所失。

我獨自坐在葡萄架下，只是回憶和沅青同遊同息的陳事：玫瑰花含着笑容，聽我們甜蜜的深談，黃鶯藏在葉底，偸看我們歡樂的輕舞，人們看見我們一樣的衣裙，聯袂着由公園的馬路上走過，如何的注目呵！！唉！沅青是我的安慰者，也是我的鼓舞者，我不是爲自己而生，我實在是爲她而生呢？

晚上沅青遣人送了一封信來說：『親愛的麗石！我決定你今天必大受苦悶了！……但是我爲母親的使命，不能不忍心暫且離開你。我從前不是和你說過，我有一個舅舅住在天津嗎？因爲小表弟的週歲，母親要帶我去祝賀，大約至遲五六天以內，總可以回來，你可以找雯薇玩玩，免得寂寞！』我把這信，已經反覆看得能够背誦了，但有什麽益處！寂寞益我苦！無聊使我悲！渴望增我怒！

正月十日　沅青走後，只覺懨懨懶動，每天下課後，只有睡覺，差強人意！今天接到天津的電話，沅青今夜可以到京，我的心懷開放了，一等到柳梢頭沒了日影，我便急急吩咐廚房開飯；老媽子打臉水，姑母問我忙甚麽？我才覺得自己的忘情，不禁羞慚得說不出話來。

到了火車站，離火車到時還差一點多鐘呢？這才懊悔來的太早了！盼得心頭焦燥了，望得兩眼發酸了，這才聽見嗚嗚汽笛響，車子慢慢進了站台，接客的人，紛紛趕上去歡迎他們的親友，我只遠遠站着，對那車窗一個個望去；望到最後的一輛車子，果見沅青含笑望我招手呢？忙忙奔了過去，不知對她說什麽好，只是嬉嬉對笑，出了站台，雇了車子一直到我家來，因爲沅青應許我今夜住在這里。

**正月十一日**　昨夜和沅青說的話太多了，不免少睡了覺，今天覺得十分疲倦，但是因沅青的原故，今夜依舊要睡的很晚呢？

今天沅青回家去了，但黃昏時她又來找我，她進我屋門的時候，我只樂得手舞足蹈！不過當我看她的面色時，不禁使我心脈狂跳，她雙睛紅腫，臉色靑黃，好像受了極大的刺激。我禁不住細細追問她，她說『沒有什麼？作人苦罷了！』這話還沒說完，她的眼淚却如潮湧般滾下來，後來她竟俯在我的懷裏痛哭起來，急得我不知怎樣才好，只有陪着她哭。我問她爲什麼傷心？她始終不曾告訴我，晚上她家裏打發車子來接她，她才勉強擦乾眼淚走了。

沅青走後，我回想適才的情境，又傷心又驚疑，想到她家追問她，安慰她，但是時已夜深，出去不便。只有勉強制止可怕的想頭，把這沅冥的夜度過。

正月十二日　爲了昨夜的悲傷和失眠，今天覺得頭痛心煩，不過仍舊很早起來，打算去看沅青，我在梳頭的時候，忽沅青叫人送封信來，我急急打開念道：——

『麗石！麗石！

人類眞是固執的，自私的呵！我們稚弱的生命完全被他們支配了！被他們戕賊了！

我們理想的生活，被她們所不容，麗石！我眞不忍使你知道這惡劣的消息！但是我們分別在卽了，我又怎忍始終瞞你呢！

我的表兄他或者是個有爲的青年——這個並不是由我觀察到的，只是我的母親對他的考語，他們因爲愛我，要我與這有爲的青年結婚，咳！麗石！你爲什麼不早打主意，穿上男子的禮服，戴上男子的帽子，妝作男子的行動，和我家裏求婚呢？現在人家知道你是女子，不許你和我結婚，偏偏去找出那什麼有爲的青年來了。

他們又彷彿很能體諒人，昨晚母親對我說：『你和表兄，雖是小時常見面的，但是你們的性情能否相合，還不知道，你舅舅和我的意思，都是願意你到天津去讀書，那末你們倆可以常見面，彼此的性情就容易了解了。如果合得來你們就訂婚，合不來再說。』麗石！母親的恩情不能算薄，但是她終究不能放我們自由！

我大約下禮拜就到天津去。咳！麗石！從此天南地北，這離別的苦怎麼受呢？！咳！親愛的麗石！我真不願離開你，怎麼辦？你也能到天津來嗎？……我希望你來吧！』

唉失望呵！上帝真是太刻薄了！我只求精神上一點的安慰，他都拒絕我！『沅青！沅青！』唉！我此時的心緒，只有怨艾罷了！

正月十五日　我自得到沅青要走的消息，第二天就病了，沅青雖刻刻伴着我，而我的心更苦了！這幾天我們的生活，就如被判決的死囚，唉！我回想到那一年夏天，那時正是雨後，蘊淚的柳枝，無力的蕩漾着，階前的促織，切切私語着，我和沅青，相倚着坐在淺藍色的欄杆上，沅青曾清清楚楚對我說：『我只要能找到靈魂上的安慰，那可怕的結婚，我一定要避免，』現在這話，只等於往事的陳跡了！

雯薇憐我寂寞，和失意，這兩天常來慰我，但我深刻的悲哀，永遠不能銷除呵！

今天雯薇來時，又帶了一個使我傷心的消息來，她告訴我說：『可憐的欣於竟墮落了！』這實在使我驚異！『他明明是個志趣高尚的青年呵？』我這麼沈吟着，雯薇說：『是呵！志趣高尚的青年，但是爲了生計的壓迫，——結婚的結果——便把人格放棄了；他現在作了某黨派的走狗，諂媚他的上司只是爲四十塊錢呵可憐！」

唉！到處都是汚濁的痕跡！

二月一日　懊惱中日記又放置半月不記了，我眞是無用！既不能徹悟，又不能奮鬭，只讓無情的造物玩弄！

沅青昨天的來信，更使我寒心，他說：『麗石，我們從前的見解，實在是小孩子的思想，同性的愛戀，終久不被社會的人認可，我希望你還是早些覺悟吧！我表兄的確是個很有爲的青年，他幷且對我極誠懇，我到津後，常常和他聚談，他事事都能體貼入微，而且能任勞怨！……』

唉！人的感情，眞容易改變，不過半個月的工夫，沅青已經被人奪去了，人類的生活，大約爭奪是第一條件了！

上帝眞不仁，當我受着極大的苦痛時，還不肯輕易饒我，支使那男性特別顯著的少年鄺文來糾纏我，聽說這是沅青的主意，她怕我責備，所以用這個好方法堵住我的口，其實她愚得很，戀愛豈是片面的？在酈文粗浮的舉動裏，時時讓我感受極強的苦痛，其實同是一個愛字，若出於兩方的同意，無論在誰的嘴裏說，都覺得自然和神聖，若有一方不同意，而強要求滿足自己的慾望，那是最不道德的事實，含着極大的侮辱。酈文眞使我難堪呵！唉！沅青何苦自陷？』又強要陷人！

二月五日　今天又得到沅青的信，大約她和她表兄結婚，不久便可成事實。唉！我不恨別的，只恨上帝造人，為什麼不一視同仁，分什麼男和女，因此不知把這個安靜的世界，攪亂到什麼地步？……唉！我更不幸，為什麼要愛沅青！

我為沅青的緣故，失了人生的樂趣，更為沅青故，得了不可醫治的煩紆！唉！我越回憶，越心傷，我每作日記，寫到沅青棄我，我便恨不得立刻與世長辭，但自殺我又沒有勇氣，抑鬱而死吧！抑鬱而死吧！

我早已將人生的趣味，估了價啦，得不償失，上帝呵！只求你早些接引！……』

我看着麗石的這些日記，熱淚竟不自覺的流下來了。唉！我什麼話也不能再多說了。

## 徬徨

『我記得我曾乘着一葉的孤舟，蕩漾在無邊的大海裏，
鼓勇向那茫茫的柔波前進。
我記得我曾在充滿春夜明月的花園裏，
嗅過蘭芷的幽香；
穿過輕柔的柳絲，
走遍這座花園，
尋找那管花園的主人。
我記得我曾在微微下着白霜的秋天的早晨，
聽芭蕉和梧桐喳喳嘁嘁地私語，
看見楓葉紅得和朝霞似的；
這時我曾懇切的要找到和秋天同來的女神。

我記得我曾在沒有人跡的窮崖絕谷裏，
聽石隙中細流潺潺地低唱着；
山頂上的瀑布怒吼般的長嘯着；
我這時曾極力尋找散佈自然種子的神祕使者。
但那里有彼岸？
那里有花園的主人？
那里有秋天的女神？
那里有自然的使者？
徬徨！
徬徨失望！
無論在甚麼地方，我祇是徬徨着呵！』
『無論誰總嘗過徬徨和失望的悲哀了！』這種牢不可破的觀念——其實是信念常常橫梗在無數的人類心裏。

秋心他天生好深思——在他額顏上微微有兩三道細嫩的縐褶，便可以知道了。他這時已經完了刻板的教師工作，安享那星期六下半天閒暇的淸福，學生們都回去了。同事們都忙着個人的事情，也有出去拜會朋友的，靜悄悄地學校裏，只賸了他一個人，他忙着收拾書籍，洗澡，不覺得已到五點多鐘了。

他打開抽屜，拿出一疊四五封朋友們的信來，打算一封封回覆。他提着飽吸墨水的筆，展開雪樣白的信箋，在上面如飛般寫了幾行。忽又停住，放下筆，把那張信箋細細輕輕地念道：——

『友周！——

你的信收到了。教育對於人類究竟有甚麼效力？我始終不敢回答你……不過你所說的青年的悲哀，我實在有同感！現在我們的同伴，十個有九個是沈淪在悲哀的海裏——尤其是沈淪在矛盾的心流的苦海裏，在他們脆弱嫩稚的心理，橫放着兩件不相融洽的戰器，——情與智——終日不住的戰爭……』

他看到這里，不覺歎了一口氣，又把友周的來信讀了幾行，接着往下寫道：——

『不錯！悲哀的確是人生不能躲避的，尤其是我們青年人，我們一面受情感的支配；一面又受理智的壓迫……我們充滿着希望完美的前途的熱情，我們懇切的盼望我們能被每一個人慈祥而含重視的目光照臨，當我們偶然聽見我們的朋友微笑着讚揚我們的時候，絢爛的光明的前途，彷彿就要尋到了。我們柔弱的心芽活潑潑地跳躍起來了。但是當我們初次遇到人們無意的嘲笑，我們的心便受了冷森森錐子的傷痕，對於人間戰競了！甚至於痛哭絕望，否認我們的前途，我們這時沒有希望了，絢爛的光明的前途，都成了深夜的夢，這時我們便鎮靜着憤怒和悲抑的情緒，更深一層問甚麽是人生的究竟？唉！聰明人縱犧牲一生的精神，躲在神祕的研究室裏，誰又曾找到人生的究竟？呵！明知沒有究竟，偏要追求究竟，他們怎能不發狂呢？怎能不求脫棄軀殼；而使我們的靈魂徜徉於我們的故鄉——白雲深處呢！……』

他寫到這里不能往下再寫了，沙沙地一陣秋聲，嗚咽着從一半萎黃的芭蕉樹裏，輕輕地透出來，他的心好像受了電流的激蕩，迷離着，嬾散着，睡在一張躺椅上了。他回憶——兒時的年華：

在一棵白楊樹下，那時正是黃昏之後，淡薄的靑光，映着白楊樹搖擺着，震盪着，他第一次離開母親的保護，兒時第一次的徬徨，深沈的悲哀浸透他嫩弱的心了。但他還希望着母親的愛，絢爛的光明的前途。

他第一次進學校的時候，只十歲，他離開他親愛的母親，他的心酸痛，但是他忍着淚，和他的小朋友說：『我母親告訴我，讀了書，便可以作先生，便可以獨立。』他的小朋友微笑說『我爹爹也是這樣說的』他們倆手牽着手，在白楊樹下互相安慰着，這不過十二三年前的事。

光陰一年年的飛跑過去，他也一年年大了。小學畢業了，又考進中學，在中學四年，也是不負責任的過去了。到他進了高等師範，他希望作先生的心十分熱烈了，很順當過了三年。……

當他快畢業的那一年夏天，一個月夜的晚上，淸光映進他的自修室裏。他悽苦着，坐在案旁的椅上，他盤算着：『再有兩個月，就和這三年半朝夕親近的自修室告別了！茫茫的世界，生疏的面孔的人們，叫他到甚麽地方去呢？喫飯的問題不能不解決了！上午他回到家裏去，母親曾對他說：『好了！好容易盼望着你卒業了！家裏以後也多一個幫手了！你的事情有了些眉目嗎？』他想到這里只覺着無限心酸，今天聽了校長和主任先生的報告，現在知識階級的生活，差不到要破產了，一般有志的青年，個人都是被壓服於生計問題之下，使他們不能再有思想一切的餘裕，所以我們這次卒業的三十幾個人很不容易安置呢！』……若不得安置，怎麼對母親，怎麼對親友……咳！更怎麼對自己！肚子餓便要喫飯呵！前途！唉可怕！

昨日聽得一個親戚說，『他這次試教的成績很好，或者有希望留堂吧……但是靠不住，比自己好的還有……況且那幾個同學同校長主任都特別的聯絡，并且又是同鄉，輪得到自己嗎？……不留堂，怎麼樣？什麼地方可以插足呢？若果終久失望，怎麼對得住母親，……什麼意思再倚賴人家喫一口閒飯呢？』他想到絕路來了不禁對着暗淡的月光滴下淚來……

多大的一個傷痕呵！當他聽見他的同學和他說：『主任先生始終沒有提起安置他的問題，留堂的事情恐怕也是失望了！』他想自己的學問或者不如人，平常又不大喜歡聯絡先生現在誰又知道自己的抱負？豈不埋沒了前途？——那裏還有前途？只是絕望和悲哀，他那時正和幾個朋友，站在公園裏的山石旁，來往的遊人，絡繹不絕，從他身後走過，他禁不住嗚咽哭了！他的朋友十三分溫存勸慰着他，把他送回家去，這件事就算告了一個段落。然而深刻的傷痕，不時還要復現。

他想到這里，忽然自己站了起來，把他的住室，上下左右看了半天，又走到窗戶面前，對着對面的課堂，望了望，不覺嘆了一聲道：『這不是學堂嗎？我不是已經作了先生嗎？生活獨立了，眞的！這一切眞眞實實絕不是夢了。呵！母親！對得住她了。……』

這時他似乎很驕傲的，露着自喜的神氣，光明絢爛的前途，……成功！成功呵！成功嗎？他忽然又懷疑起來了，他回想他初到這學校裏的時候，秋雨正淅淅瀝瀝地下着，秋風正嗚嗚咽咽的吹着，他獨自坐在冷淸淸地屋子裏，留戀着家人，思念着朋友，要想寫封長篇的信，痛痛快快發舒發舒，但是他纔提起筆來，他的心又跳了，明天第一點鐘就要上課，我第一句對他們怎麼說？我的功課預備了，恐怕因爲矜持，臨時或者要遺忘，再看一遍吧！他趕緊放下筆，從書堆裏抽出一本地理來，看了兩行，彷彿熟了，心又他馳，——母親含笑的坐在軟鋼絲的床上，她呢？眼圈微紅的，輕輕地說道：『年假早點回來！』……『咳！看書吧！明天四十多個人怎麼對付呢？』他自言自語的，勉力的打斷了思路，極力低下頭看書，……明天呵！要上戰場了嗎？……不！不是！不過是給四十多個學生講學呵！我知道甚麼？——歷史、地理大約都還記得，但是『周朝封建制度的流弊如何！』似乎想不起來了！急忙走到書架上，把通鑑拿下來，翻了半天，又把歷史教科書打開看看，彷彿知道了！緊張的心弦，微微平定了，寫信吧！匆匆忙忙把歷史、通鑑依舊放在書架上，放下心寫信，寫了半天，『作人苦！——人生沒意思』唉！寫不下去！息了燈，蒙起頭，努力的睡覺吧！

第二天，天色才朦朧，他便心慌得睡不着了，無精打采的下了床，披上衣服，坐在案旁，又把講義拿出來看了一遍，似乎有了把握，洗臉吧！推開窗戶，望着講堂的門，不覺又心跳起來？

時間又像快得很，眼看就要走進那個門，登在那座講台上去，……不！這時間實在太不好過，快些上了堂吧！命運——沒決定的命運；懸着，不如已受裁判！心裏像吊桶般，七上八下的跳動着！

『鐺鐺鐺』一陣響，彷彿一陣鎗聲，心跳了！不覺默默地沈思：『我作學生的時候，鐘聲怎麼那種溫和？這里的鐘聲怎麼特別慘厲呢？』……『走吧！上堂了！』他聽見一個同事對他這麼講，他跟着他們一齊走了，進了講堂，四十多雙眼睛，逼視的寒光，和電般激得他戰慄了！只覺頭昏眼花，心頭撲撲地亂跳，學生站起來了，他的右脚邁上講堂，兩腿不覺也抖起來了，勉强鎭靜了，鞠了一個躬，學生都坐下了。靜悄悄地，沒有一點聲音，他髣髴只聽見心房跳動，撲撲地響聲，無論怎麼樣，實在得開口了，他用力的說『諸君！……』氣又急促起來了！歇了半天，才又接着說……『鄙人很感愉快得有這個好機會……和諸君一堂研究！……』他說着話，看見有兩個學生，微微地笑了笑，他不知不覺臉紅了，心裏更覺慌忙，眼前黑漆漆地；一秒鐘裏，他的確失了感覺，他想他自己站在四十幾個冷冰冰地面孔的學生面前，——好像孤身到了北冰洋，四面寒氣緊逼着他，全身的血脈都凝固了！他的心冰冷了！但是還用力高聲講，繼續着不竭聲的講……看看表，下課還差二十分呢！講！努力的講！聲音抖戰着；心弦緊張着，但是不能不作他應作的事：『你們都明白了嗎？』他問了一聲，沒有人答應，再問一聲，有兩三個人，微微點點頭，他不由得，又焦灼，又心傷，他極力忍着淚說：『你們對於教授上有什麼意見嗎？有，請你們說……我一定願意採納諸君的意見』…

……他誠懇的問學生們只是微笑着，對面相望着，永沒有人肯發言，他更心慌了！他想：莫非他們是不滿意我教嗎？取消極的抵抗法嗎？……要想把他們的心掀起來看看，但是不能，要想問他們：『你們不滿意我教嗎？』咳！沒有勇氣，若果他們果眞答應『是』！怎麼處呢？等了半天，有一個學生說話了。他說：『我們應當怎麼去讀書？』好大問題，我不能不對付他們，一件一件告訴他們，說了許多話，還不聽見打下堂鈴，咳！這一點鐘怎麼好像快到一年了！……挨了又挨，遲了又遲，赦罪的鈴才響了，拍拍身上的白粉麵，慌慌張張走下講堂，無精打采回到屋子裏，放下書，莫明其妙的辛酸味道，蹦上心頭，咳！人生什麼意思？耐不住流淚了！

放下窗簾，斜倚在臥椅上，猜想這一點鐘學生們的心理，好意嗎？不敢自信，他們笑甚麼？……咳！若果不滿意，或者不至於這麼平安吧！……依舊不能自信，到外面打探打探同事們的口氣，……一點的希望……眞不敢再想了！掩上門出來，到了同事面前，看看他們的臉色，……要問然而不敢開口，怯弱羞澀，——囁嚅了半嚮，祇得自言自語的說：『今天教得眞是不好！』……果然這話有效力，同事們都笑道：『你還有不好的嗎？實在好得很！』這話彷彿可以安慰徬徨的心，然而不敢深信，深深回想適才講堂上的情形，回想自己說的話，一遍兩遍好像沒有什麼大缺漏，成績大約不至於十分的壞吧！心弦漸漸弛緩了，緊縐的眉峯漸漸舒展了！漸漸地有說有笑，——奇怪這時間眞作怪，快樂的時候，一點鐘好像一分鐘便過去，他覺得還沒說上幾句話，已經去了兩點多鐘。天又要黑，明天又得上課，心弦又緊張了！撒了一切，又躲到書堆裏去看書，一頁，兩頁，三頁，眼皮蓋下來了，伏在書案上，要睡，但是那里睡得着，——看看鐘已經十二點，夜深了，哀坐在軟鋼鐵床的母親。她和藹的微笑，鄉園的相片，又一張張擺在面前了！回想登船的那天晚上，辛酸失望，他伏在枕上哭了！迷迷昏昏，不知怎麼便過了一夜……

一天一天和度年般挨過去了，他不覺已上了一星期的課，命運似乎有些把握了，不幸有一天他看見許多學生，圍在一起，切切私語着，好像商議什麼事，他脆弱的心，久經波折的心，禁不住又狂跳起來，這個私語莫非有關係自己吧？若果失望了，朋友們的冷眼，家人們的埋怨，自己的羞慚，呵！千萬把的利刃，刺透了他的心！……

『希望作一個良好的教師，更不容易現在德謨克拉西的聲浪，非常激烈，教授時不取這種精神，總是不高明。』他自己殫精竭慮想了一夜，到第二天他上課了，走進講堂，把氣特別抑住，聲音特別沈着說：『教育的目的，是闡發個人的個性的，所謂德謨克拉西的精神，所以我對於諸君的意見，是異常尊重，諸君有什麼意見嗎？——對於這一本教科書，覺得深還是淺呢？』他的問題發過了，台下的學生，切切的商議着，糟糟雜雜地談論着，約模亂了兩三分鐘，一個學生站起來說：『先生！我們覺得這本書生字太多了！換一本淺一點的罷！』他點點頭答道：『這本書的生字，確實不少，你們大家都感困難嗎？』台下一部分學生，小聲答道：『是！困難得很！』他才要說換書的話，又有一個學生站起來說：『我們覺得，這本書於我們很適宜，并且已經學了好幾頁了，再換書，不是很討厭嗎？』這個學生的話說完了，就聽見台底下亂烘烘一陣響聲，一部分人彷彿抱憤不平的樣子，跟着又有一個學生站起來說：『凡事應由淺而深，學英文更是不能好高務遠的，這本書我們覺得實在讀不來，勉強下去有什麼益處呢？』他這時竟沒有方法了！心想德謨克拉西的精神，是這個樣子呵！……——咳！台底下的秩序簡直大亂了！有幾個學生，私自爭執起來，他直覺左右為難，怔怔站在台上，說不出一句話來……大家實在爭執得不像樣了，他蓄着滿腔的悶氣，囁嚅着道：『你們……你們先不要亂，慢慢想法子，……總要使你們兩方面都不大吃虧！』學生們聽了這話，稍微平靜了，然而還有幾個很露着不滿意的神氣，自言自語的，不知是抱怨，反對自己意見的同學，還是覺得先生不能想個週全辦法，他這時只覺心頭悶鬱，兩頰發熱，幸而這時下堂鈴響了，這個德謨克拉西的教授法的敗將，才得脫逃重圍！

咳！教授了一個多月的書，沒有一天不是在荆天棘地裏恐慌着、戰兢着辦事呢？也一樣的困難，——昨天爲着學生們更換住室，自己事前大大地費了一番的盤算，——管理上便利，學生們的方便。他把這所有的住所，按着次序畫了一張很整齊的圖，作一張很有條理的啓事，已經弄到夜深更靜了，但是總算作成了一件事，心理略覺舒展，睡在床上，很快便入夢了。到了第二天早起，興興頭頭，把這張圖和啓事都掛出來了，一方面，又去監督着學生搬移，——平常有秩序的生活，立刻呈着紊亂的現象，滿院子都是學生們喧嘩的聲音，滿地都是碎紙破書，隨着秋風落葉一齊亂飛亂舞，他站在走廊上，默默地看着，自己一方感得肩着很重的責任，似乎很可以驕傲，一方又很感得煩燥，究竟作人是沒多大意義嗎？他想到這里，十分心煩，又覺得兩腿站得很疲倦，因吩咐了學生們幾句話，他便回到教員辦事處，坐在椅上正端着一碗茶，喝了兩口，祇見兩個學生走進來說：『先生，我們幾個本來好好住在一間屋子裏，彼此都很相得，現在把我們分到兩三個地方，很覺得不方便，并且那兩間屋子，又不是我們同年級的人住的，溫習起功課來，種種不方便，請先生替我們掉換掉換吧！』他聽完，沈吟了半嚮，說：『這里實在有許多困難，你們顧了你們的小團體，管理上便大費麻煩！並且排的時候，四方八面都費了一次盤算，若你們一動，便要全局都牽動了！你們還是將就點吧！那幾個學生，又申說半天，他也照樣的解釋半天，那幾個學生無奈何的走了，他心想或者他們還是可以搬吧？同事們大家也都這樣想着，所以都輕輕把這問題放下了。但是沒到半點鐘，又來了三四個學生說：『先生，你不是派我們三個住第五間房子嗎？但是他們那幾個人，不肯搬，說他們住得好好地，為什麼又要叫他們分開？先生，我們到底住到甚麼地方去呢？』他站了起來說：『他們不肯搬，等我和他們說去，』他和學生般一齊走了，到了那里，只是那幾個學生，板着面孔，很不高興的站在廊廡上，他忍着氣，和他們再三的解釋，費了兩點鐘的光陰，纔算把他們勉勉強強地說動了，答應搬。他的心略覺安慰，仍回到教務處坐下，不知不覺又把適才的事情想了一遍，覺得自己爲什麼要這樣低心下氣呢？——咳！作人只爲了喫飯嗎？精神上的苦痛，始終得不到代價，平心靜氣的替他們佈置了，而永遠不能得到他們的諒解，以爲先生總是他們的敵人，……咳！這碗飯眞不容易喫！——我爲喫飯，……他想到這里不覺臉紅了，心酸了，眼淚滴下來了！這時又有幾個學生進來說：『先生我丢了東西』他又只得跟着他們過住室這邊來，檢查了半天，那里有踪跡，——自己不免覺着責任的壓迫，和失物學生的懊喪，定須想個追求的方法，一面又想到教育的效果在那里？教育的事業有甚麼趣味？但是到那里去呢？前面是茫茫的大海，後面是蕩蕩的大河，四面又都是生疏的、冷酷的。沒有一支渡船，『咳呀！作人原來只是喫飯——喫飯——値得這麼勞碌的活着嗎？悲哀呀！無論在甚麼地方我只遇見他呵！』

秋心坐在躺椅上，想起往事，竟想出了神，他不覺得這是已往的舊痕，他不覺得這時正安坐着享星期六安閒的淸福，他只覺得心頭是苦的，喉頭是哽着，鼻子是辣着，淚水是澎漲着，他不止住嗚咽的哭，淚水溼了襟袖，靈魂的傷痕大大地爆烈了，靜悄悄地黃昏裏；一切都模糊了。唯有桌上放着的洋燈，吐着慘綠的光燄，從窗隙進來的冷風，吹得燈光搖蕩不定。『咳！不可捉摸的命運，只有悲哀是永久繫住了！……』

隱隱聽得雜亂的脚步聲，和談話聲，知道同事們已經回來了，看看手上的表，已經七點了，外面喫飯的鈴響了！又惹起他的悲哀來，——不免要咒詛喫飯的事，因吹息了燈，關上房門立誓不喫今晚上的飯。……

# 海濱故人

## 一

呵！多美麗的圖畫！斜陽紅得像血般，照在碧綠的海波上，露出紫薔薇般的顏色來，那白楊和蒼松的蔭影之下，她們的旅行隊正停在那里，五個青年的女郎，要算是此地的熟客了，她們住在靠海的村子裏；只要早晨披白綃的安琪兒，在天空微笑時，她們便各拿着書，跳舞般跑了來。黃昏紅裳的哥兒回去時，她們也必定要到。

她們到是什麼來歷呢，有一個名字叫露沙，她在她們五人裏，是最活潑的一個。她總喜歡穿白紗的裙子，用雲母石作枕頭，仰面睡在草地上，默默凝思。她在城裏念書，現在正是暑假期中，約了她的好朋友——玲玉，蓮裳，雲青，宗瑩，住在海邊避暑，每天兩次來賞鑑海景。她們五個人的相貌和脾氣都有極顯著的區別，露沙是個很清瘦的面龐和體格。但却十分剛强，她們給她的贊語是『短小精悍，』她的脾氣很爽快，但心思極深，對於世界的謎髣髴已經識破，對人們交接，總是詼諧的。玲玉是富於情感，而體格極瘦弱，她常常喜歡人們的贊美和温存。她認定世界的偉大和神祕，只是愛的作用，她喜歡笑，更喜歡哭，她和雲青最要好。雲青是個智理比感情更強的人。有時她不耐煩了，不能十分温慰玲玉，玲玉一定要背人偷拭淚。有時竟至放聲痛哭了。蓮裳爲人最週到，無論和什麼人都交際得來，而且到處都被人歡迎，她和雲青很好，宗瑩在她們裏頭，是最嬌豔的一個，她極喜歡豔妝，也喜歡向人誇耀他的美和她的學識，她常常說過分的話。露沙和她很好，但露沙也極反對她思想的近俗，不過覺得她人很温和，待人很好，時時的犧牲了自己的偏見來附和她，她們樣樣不同的朋友，而能比一切同學親熱，就在她們都是很有抱負的人，和那醉生夢死的不同。所以她們就在一切同學的中間，築起高壘來隔絕了。

有一天朝霞罩在白雲上的時候。她們五個人又來了，露沙睡在海崖上。宗瑩蹲在她的身旁，蓮裳、玲玉、雲青站在海邊聽怒濤狂歌，看碧波閃映，宗瑩和露沙低低地談笑，遠遠忽見一縷白煙從海裏騰起。玲玉說：『船來了！』大家因都站起來觀看，漸漸看見煙筒了，看見船身了，不到五分鐘整個的船都可以看得清楚，船上許多水手都對她們望着，直到走到極遠才止。她們因又團團坐下，說海上的故事。

開始露沙述她幼年時，隨她的父母到外省作官去，也是坐的這樣的海船，有一天因爲心裏煩悶極了，不住聲的啼哭，哥哥拏許多糖果哄她，也止不住哭聲，媽媽用責罰來禁止她的哭聲，也是無效。這時她父親正在作公文，被她攪得急起來，因把她抱起來要往海裏拋，她這時懼怕那油碧碧的海心，才止住哭聲。

宗瑩插言道露沙小時的歷史，多着呢，我都知道。因我媽媽和她家認識，露沙生的那天，我媽媽也在那里。玲玉說你既知道，講給我們聽聽好不好？宗瑩看着露沙微笑，意思是探她許可與否，露沙說：『小時的事情我一概不記得，你說說也好，叫我也知道知道。』

於是宗瑩開始說了：『露沙出世的時候，親友們都慶賀她的命運，因爲露沙的母親已經生過四個哥兒了。當孕着露沙的時候，只盼望是個女兒。這時露沙正好出世。她母親對這嫩弱的花蕊，十分愛護，但同時意外的事情發生了，不免妨礙露沙的幸運，就是生露沙的那一天，她的外祖母死了。并且曾經派人來接她的母親，爲了露沙的出世，終沒去成，事後每每思量，當露沙閉目恬適睡在她臂膀上時，她便想到母親的死，晶瑩的淚點往往滴在露沙的頰上。後來她忽感到露沙的出世有些不祥，把思量母親的熱情變成憎厭露沙的心了！

還有不幸的是她母親因悲抑的結果使露沙沒有乳汁喫，稚嫩的哀哭聲便從此不斷了。有一天夜裏，露沙哭得最凶，連她的小哥哥都吵醒了。他母親又急又痛，止不住倚着牀沿垂淚，她父親也嘆息道：「這孩子眞討厭！明天僱個奶媽，把她打發遠點，免得你這麼受罪！」她母親點點頭，但沒說什麼。

過了幾天，露沙已不在她母親懷抱裏了，那個新奶媽，是鄉下來的，她梳着奇異像蟬翼般的頭，兩道細縫的小眼，上唇撅起來，露着牙齦。露沙初次見他，似乎很驚怕，只躲在娘懷裏不肯仰起頭來，後來那奶媽拏了許多糖果和玩物，才勉強把她哄去。但到了夜裏，她依舊要找娘去，奶媽只把她摟在懷裏，輕輕拍着，唱催眠歌兒，纔把她哄睡了。

露沙因爲小時喫了母親憂抑的乳汁，身體十分孱弱，況且那奶媽又非常的粗心，她有時哭了，奶媽竟不理她，這時她的小靈魂，感到世界的孤寂和冷刻了。她身體健康更一天不如一天。到三歲了她還不能走路和說話，并且頭上還生了許多瘡疥，這可憐的小生命，更沒有人注意她了。

在那一年的春天，鳥兒全都輕唱着，花兒全都含笑着，露沙的小哥哥都在綠草地上玩耍，那時露沙得極重的熱病，關閉在一間廂房裏。當她病勢沉重的時候，她母親絕望了，又恐怕傳染她的小哥哥，便叫奶媽抱了露沙，走到露沙的小牀前看着她瘦弱的面龐說：「唉！怎變成這樣了！……奶媽！我這里孩子多，不如把他抱到你家裏去治吧！能好再抱回來，不好就算了！」奶媽也正想回去看看他的小黑，當時就收拾起來，到第二天早晨，奶媽抱着露沙走了。他母親不免傷心流淚。露沙搬到奶媽家裏的第二天，他母親又生了個小妹妹，從此露沙不但不在她母親的懷裏，并且也不在她母親的心裏了。

奶媽的家，離城有二十里路，是個環山繞水的村落，她的屋子，是用茅草和黃泥築成的，一共四間，屋子前面有一座竹籬笆，籬笆外有一道小溪，溪的隔岸，是一片田地，碧綠的麥秀，被風吹着如波紋般湧漾，奶媽的丈夫是個農夫，天天都在田地裏作工，家裏有一個紡車，奶媽的大女兒銀姊，天天用牠紡線，奶媽的小女兒小黑和露沙同歲，露沙到了奶媽家裏，病漸漸減輕，不到半個月已經完全好了，便是頭上的瘡也結了痂，從前那黃瘦的面孔，現在變成紅黑了。

露沙住在奶媽家裏，整整過了半年，她忘了她的父母，以爲奶媽便是她的親娘，銀姊和小黑是她的親姊姊朝霞幻成的畫景，成了她靈魂的安慰者，斜陽影裏唱歌的牧童，是她的良友，她這時精神身體都十分煥發。

露沙回家的時候，已經四歲了。到六歲的時候，就隨着她的父母作官去，以後的事情我就不知道了。』

宗瑩說到這里止住了。露沙只是怔怔地回想，雲青忽喊道：『你看那海水都放金光了，太陽已經到了正午，我們回去喫飯吧！』她們隨着松蔭走了一程，已經到家了。

在這一個暑假裏，寂寞的松林，和無言的海流，被這五個女孩子點染得十分熱鬧，她們對着白浪低吟，對着激潮高歌，對着朝霞微笑，有時竟對着海月垂淚。不久暑假將盡了，那天夜裏正是月望的時候，她們黃昏時拏着簫笛等來了。露沙說：『明天我們就要進城去，這海上的風景，只有這一次的賞受了，今晚我們一定要看日落和月出……這海邊上雖有幾家人家，但和我們也混熟了，縱晚點回去也不要緊，今天總要盡興才是。』大家都極同意。

西方紅灼灼地光閃爍着，海水染成紫色，太陽足有一個臉盆大，起初蓋着黃紅色的雲，有時露出兩道紅來，彷彿火神怒睜兩眼，向人間狠視般，但沒有幾分鐘那兩道紅線化成一道，那彩霞和彗星般散在西北角上，那火盆般的太陽已到了水平線上，一霎眼那太陽已如獅子滾繡球般，打個轉身沈向海底去了。天上立刻露出淡灰色來，只在西方還有些五彩餘輝閃爍着。

海風吹拂在宗瑩的散髮上，如柳絲輕舞，她倚着松柯低聲唱道：

「我欲登芙蓉之高峯兮，
白雲阻其去路。
我欲攀綠蘿之俊藤兮；
懼頹巖而踟躕。
傷煙波之蕩蕩兮；
伊人何處？
叩海神久不應兮；
唯漫歌以代哭！」

接着歌聲，又是一陣簫韻，其聲嚶嚶似蜂鳴羣芳叢裏，其韻溶溶似落花輕過流水，漸提漸高激起有如孤鴻哀唳碧空但一折之後又漸轉和緩恰似水滲灘底嗚咽不絕，最後音響漸杳，歌聲又起道：

『臨碧海對寒素兮。
何煩紆之縈心！
浪滔滔波蕩蕩兮，
傷孤舟之無依！
傷孤舟之無依兮，
愁綿綿而永繫！』

大家都被了歌聲的催眠，沈思無言，便是那作歌的宗瑩，也只有微嘆的餘音，還在空中蕩漾罷了。

## 二

她們搬進學校了。暑假裏浪漫的生活，只能在夢裏夢見，在回想中想見。這幾天她們都是無精打彩的。露沙每天只在圖書館，一張長方桌前坐着，拏着一枝筆，癡癡地出神，看見同學走過來時，她便將人家慢慢分析起來，同學中有一個叫松文的從她面前走過，手裏正拏着信，含笑的看着，露沙等她走後便把她從印象中提出，層層地分析，過了半點鐘便抽去筆套，在一冊小本子上寫道：——

『一個很體面的女郎，她時時向人微笑，多美麗呵！只有含露的荼蘼能比擬她。但是最眞誠和甜美的笑容。必定當她讀到情人來信時才可以看見！這時不止像含露的荼蘼了。幷且像斜陽熏醉的玫瑰。又柔媚又艷麗呢！』她寫到這里又有一個同學從她面前走過。她放下她的小本子，換了宗旨不寫那美麗含笑的松文了！她將那個後來的同學照樣分析起來。這個同學姓酈在她一級中年紀最大。——大約將近四十歲了——她拏着一堆書，縐着眉走過去。露沙望着她的背影出神。不禁長嘆一聲，又拏起筆來寫道：——『她是四十歲的母親了，——她的兒已經十歲——當她拏着先生發的講義——二百餘頁的講義，細細的理解時，她不由得想起她的兒來了。她那時緊緊眉頭，合上兩眼，任那眼淚把講義溼透，也仍不能止住她的傷心。

先生們常說：「她是最可佩服的學生。」我也只得這麼想，不然他那緊緊的眉峯，便不時蕩起我的悲哀。我必定要想到：「人多麼傻呵！因爲不相干什麼知識——甚至於一張破紙文憑，把精神的快活完全犧牲了……」噹噹一陣喫飯鐘響，她才放下筆，從圖書館出來，她一天的生活，大約如是。同學們都說她有神經病，有幾個刻薄的同學給她起個綽號，叫『著作家』，她每逢聽見人們嘲笑她的時候，只是微笑說：『算了吧！著作家談何容易？』說完這話，便頭也不回的跑到圖書館去了。

宗瑩最喜歡和同學談情，她每天除上課之外，便坐在講堂裏，和同學們說：『人生的樂趣，就是情，』她們同級裏有兩個人，一個叫作蘭馨，一個叫作孤雲，她們兩人最要好，然而也最愛打架。她們好的時候，手挽着手，頭偎着頭，低低地談笑，或商量兩個人作一樣衣服，用什麼樣花邊，或者作一樣的鞋，打一樣的別針，使無論什麼人一見她們，就知道她們是頂要好的朋友，有時預算星期六回家，誰到誰家去，她們說到快意的時候，竟手舞足蹈，合唱起來。這時宗瑩必定要拉着玲玉說：

『你看她們多快樂呵！眞是人若沒有感情，就不能生活了。情是滋潤草木的甘露，要想開美麗的花，必定要用情汁來灌溉，』玲玉也悄悄地談論着。我們級裏誰最有情，誰有眞情，宗瑩笑着答她道：『我看你最多情，——最沒情就是露沙了。她永遠不相信人，我們對她說情，她便要笑我們。其實她的見地實在不對。』玲玉便懷疑着笑說道：『眞的嗎？……我不相信露沙無情，你看她多喜歡笑，多喜歡哭呀。沒情的人，感情就不應當這麽易動。』宗瑩聽了這話，沈思一回，又道：『露沙這人眞奇怪呀！……有時候她鬧起來，比誰都活潑，及至靜起來，便誰也不理的躲起來了。』

她們一天到晚，只要有閑的時候，便如此的談論，同學們給她們起了綽號，叫『情迷。』她們也笑納不拒。

雲青整天理講義，記日記。雲青的姊妹最多。她們家庭裏因組織了一個娛樂會。雲青全份的精神都集中在這里，下課的時候，除理講義，抄筆錄，和記日記外，就是作簡章，和寫信。她性情極圓和，無論對於什麽事，都不肯喫虧，而且是出名的拘謹。同級裏每回開級友會，或是愛國運動。她雖熱心帮忙，但叫她出頭露面，她一定不答應。她唯一的推辭只說：『家裏不肯。』同學們能原諒她的就說她家庭太頑固，她太可憐，不能原諒她，就冷笑着說：『眞正是個薛寶釵。』她有時聽見這種的嘲笑便呆呆坐在那里。露沙若問她出什麼神？她便悲抑着說『我只想求人了解眞不容易！』露沙早聽慣看慣她這種語調態度，也只冷冷地答道：『何必求人了解？老實說便是自己有時也不了解自己呢？』雲青聽了露沙的話，就立刻安適了，仍舊埋頭作她的工作。

蓮裳和他們四人不同級，她學的是音樂。她每日除了練琴室裏彈琴，便是操場上唱歌。她無憂無慮，好像不解人間有煩惱事，她每逢聽見雲青露沙談人無味一類的話，她必插嘴截住她們的話說：『噯呀！你們眞討厭。竟說這些沒意思的話，有什麼用處呢？來吧！來吧！操場玩去吧！』她跑到操場裏，跳上秋千架，隨風上下翻舞，必弄得一身汗她才下來，她的目的，只是快樂。她最憎厭學哲理的人，所以她和露沙她們不能常常在一處，只有假期中，她們偶然聚會幾次罷了。

她們在學校裏的生活很平淡，差不多沒有什麼意外的事情發現。到了第三個年頭，學校裏因爲愛國運動，常常罷課。露沙打算到上海讀書。開學的時候，同學們都來了，只短一個露沙，雲青、玲玉、宗瑩都感十分悵惘，雲青更抑抑不能耐，當日就寫了一封信給露沙道：

『露沙：

賜書及宗瑩書讀悉，一是離愁別恨，思之痛，言之更痛，露沙！千絲萬縷，從何訴說？知惜別之不免，悔歡聚之多事矣！悠悠不決之學潮，至茲告一結束，今日已始行補課，同堂相見，問及露沙，上海去也。局外人已不勝爲吾四人憾，況身受者乎？吾不欲聽其問，更不忍筆之於此以增露沙愁也！所幸吾儕之以志行相契，他日共事社會，不難舊雨重逢，再作昔日之遊，話別情，傾積愫，且喜所期不負，則理想中樂趣，正今日離愁別恨有以成之；又何惜今日之一別，以致永久之樂乎？雲素欲作積極語，以是自慰，亦勉以是爲露沙慰，知露沙離羣之痛，總難恝然於心。姑以是作無聊之極想，當耐味之橄柑可也。

今日校中之開學式，一種蕭條氣象，令人難受，露沙！所謂「別時容易見時難。」吾終不能如太上之忘情，奈何！得暇多來信，餘言續詳，順頌康健！

雲青』

雲青寫完信，意緒兀自懶散，在這學潮後，雜亂無章的生活裏，只有沈悶煩紆，那守時刻司打鐘的僕人，一天照樣打十二回鐘，但課堂裏零零落落，只有三四個人上堂。教員走上來四面找人，但窗外一個人影都沒有。院子裏只有垂楊對那孤[illegible]的學生教員微微點頭。玲玉、宗瑩和雲青三個人，只是在操場裏閒談，這時正是秋涼時候，天空如洗，黃花滿地，西風爽竦，一羣羣雁子都往南飛。更覺生趣索然。她們起初不過談些解決學潮的方法，已覺前途的可怕，後來她們又談到露沙了，玲玉說：『露沙走了，與她的前途未始不好。只是想到人生聚散，如此易易，太沒意思了，現在我們都是作學生的時代，肩上沒有重大的責任，尙且要受種種環境支配，將來投身社會，豈不更成了機械嗎？……』雲青說：『人生有限的精力，消磨完了就結束了，看透了，到不值得愁前慮後呢？』宗瑩這時正在葡萄架下，看纍纍酸子，忽接言道：『人生都是苦惱，但能不想就可以不苦了！』雲青說：『也只有作如此想。』她們說着都覺倦了，因一齊回到講堂去。宗瑩的桌上忽放着一封信，是露沙寄來的，她忙忙撕開念道：——

『人壽究竟有幾何？窮愁潦倒過一生；未免不值得！我已決定日內北上，以後的事情還講不到，且把眼前的快樂享受了再說。

宗瑩！雲青！玲玉！從此不必求那永不開口的月姊——傳我們心弦之音了！呵再見！』

宗瑩喜歡得跳起來。玲玉雲青也盡展愁眉，她們幷且忙跑去通知蓮裳，預備歡迎露沙。

露沙到的那天，她們都到火車站接她。把她的東西交給底下人拏回去。她們五個人一齊走到公園裏。在公園裏喫過晚飯，便在社稷壇散步，她們談到暑假分別時，曾叮囑到月望時，兩地看月傳心曲，誰想不到三個月，依舊同地賞月了！在這種極樂的環境裏，她們依舊恢復她們天眞活潑的本性了。

她們談到人生聚散的無定。露沙感觸極深，因述說她小時的朋友的一段故事：

『我從九歲開始念書，啓蒙的先生是我姑母，我的書房，就在她寢室的套間裏。我的書桌是紅漆的，上面只有一個墨盒，一管筆，一本書，桌子面前一張木頭椅子。姑母每天早晨敎我一課書，敎完之後，她便把書房的門倒鎖起來，在門後頭放着一把水壺，念渴了就喝白開水，她走了以后，我把我的書打開。忽聽見院子裏妹妹唱歌。哥哥學貓叫，我就慢慢爬到桌上站在那里，從窗眼往外看，妹妹笑，我也由不得要笑，哥哥追貓。我心裏也像帮忙一塊追似的，我這樣站着兩點鐘也不覺倦但只聽見姑母的脚步聲就趕緊爬下來，很規矩的坐在那里，姑母一進門，正顏厲色的向我道：「過來背書」我那里背得出便認也不曾認得姑母怒極，喝道「過來」！我不禁哀哀地哭了，她拏着皮鞭抽了幾鞭然後狠狠的說：「十二點再背不出，不用想喫飯呵！」我這時恨極這本破書了。但爲要喫午飯也不能不拚命的念僥倖背出來了，混了一頓午飯喫。但是念了一年，一本三字經還不曾念完。姑母恨極了，告訴了母親把我狠狠責罰了一頓，從此不教我念書了。我好像被赦的死囚，高興極了。

有一天我正在同妹妹作小衣服玩，忽聽見母親叫我說：「露沙！你一天在家裏不念書，竟頑皮，把妹妹都引壞了。我現在送你上學校去，你若不改，被人趕出來，我就不要你了。」我聽了這話，又怕又傷心，不禁放聲大哭。後來哥哥把我抱上車，送我到東城一個教會學堂裏，我才邁進校長室，心裏便狂跳起來。在我的小生命裏，是第一次看見藍眼睛、高鼻子的外國人，况且這校長滿臉威嚴。我哥哥和她說：「這小孩是我的妹妹，她很頑皮，請你不用客氣的管束她。那是我們全家所感激的。」那校長對我看了半天說：「哦！小孩子！你應當聽話，在我的學校裏，要守規矩，不然我這裏有皮鞭，牠能責罰你。」她說着話，把手向牆上一捺。就聽見「瑯瑯！」一陣鈴響，不久就走進一個中國女人來年紀二十八九，這個人比校長溫和得多，她走進來和校長鞠了個躬，并不說話，只聽見校長叫他道：「魏教習！魏教習這個女孩是到這里讀書的，你把他帶去安置了吧！」那個魏教習就拉着我的手說：「小孩子！跟我來！」我站着不動，兩眼望着我的哥哥，好似求救似的，我哥哥也似了解我的意思，因安慰我說：「你好好在這里念書，我過幾天來看你」我知道無望了，只得勉勉強強跟着魏教習到裏邊去。

這學校的學生，都是些鄉下孩子，她們有的穿着打補釘的藍布褂子，有的頭上扎着紅頭繩，見了我都不住眼的打量，我心裏又徬徨，又悽楚。在這滿眼生疏的新環境裏，覺得好似不繫之舟，前途命運眞不可定呵。迷糊中不知走了多少路，只見魏教習領我走到樓下東邊一所房子前站住了。用手輕輕敲了幾下門，那門便「呀」的一聲開了。一個女郎戴着蔚藍眼鏡，兩頰嫣紅，眉長入鬢，身上穿着一件月白色的長衫，微笑着對魏教習鞠了躬說：「這就是那新來的小學生嗎？」魏教習點點頭說：「我把她交給你，一切的事情都要你留心照應，」說完又回頭對我說：「這里的規矩，小學生初到學校。應受大學生的保護和管束，她的名字叫秦美玉，你應當叫她姐姐，好好聽她的話，不知道的事情都可以請教她。」說完站起身走了。那秦美玉拉着我的手說：「你多大了？你姓什麼？叫什麼？……這學校的規矩很利害，外國人是不容情的，你應當事事小心」她正說着，已有人將我的鋪蓋和衣物拏進來了。我這時忽覺得詫異，怎麼這屋子裏面沒有牀鋪呵？後來又看她把牆壁上的木門推開了，裏頭放着許多被褥，另外還有一個牆櫥，便是放衣服的地方，她告訴我這屋裏住五個人，都在這木板上睡覺，此外有一張長方桌子，也是五個人公用的地方，我從來沒看見過這種簡鄙的生活，彷彿到了一個特別的所在，事事都覺得不慣。幷且那些大學生，又都正顏厲色的指揮我打水掃地，我在家從來沒作過，況且年齡又太幼弱，怎麼能作得來。不過又不敢不作，到煩難的時候，只有痛哭，那些同學又都來看我，有的說「這孩子眞沒出息！」有的說：「管管她就好了。」那些沒有同情的刺心話，眞使我又羞又急，後來還是秦美玉有些不過意，撫着我的頭說「好孩子！別想家，跟我玩去。」我擦乾了眼淚，跟她走出來，院子裏有秋千架，有蕩木，許多學生在那里玩耍，其中有一個學生，和我差不多大，穿着藕合色的洋紗長衫，對我含笑的望，我也覺得她和別的同學不同，很和氣可近的，我不知不覺和她熟識了，我就別過秦美玉和她牽着手，走到後院來，那里有一棵白楊樹，底下放着一塊擣衣石，我們並肩坐在那里，這時正是黃昏的時候，柔媚的晚霞，綴成幔天紅罩，金光閃射，正映在我們兩人的頭上，她忽然問我道：「你會唱聖詩嗎？」我搖頭說「不會，」她低頭沈思半晌說：「我會唱好幾首，我教你一首好不好？」我點頭道：「好！」她便輕輕柔柔地唱了一首，歌詞我已記不得了，只是那爽脆的聲韻，恰似嬌鶯低吟，春燕輕歌，到如今還深刻腦海，我們正在玩得有味，忽聽一陣鈴響，她告訴我喫晚飯了。我們依着次序，走進膳堂，那膳堂在地窖裏，很大的一間房子，兩旁都開着窗戶，從窗戶外望，平地上所種的杜鵑花正開得燦爛嬌豔，迎着殘陽，眞覺爽心動目。屋子中間排着十幾張長方桌，桌的兩旁放着木頭板凳，桌上當中放着一個綠盆，盛着白木頭筷子和黑色粗碗，此外排着八碗茄子煮白水，每兩人共喫一碗，在桌子東頭，放着一菠蘿棒子面的窩窩頭，黃騰騰好似金子的顏色，這又是我從來沒喫過的，秦美玉替我拏了兩塊放在面前，我拏起來咬了一口，有點甜味，但是嚼在嘴裏，粗糙非常，至於那碗茄子，更不知道是什麽味道，又澀又苦。想來既沒有油，鹽又放多了，我肚子其實很餓，但我拿起筷子勉强喫了兩口，實在嚥不下，心裏一急，那眼淚點點滴滴都灑在窩窩頭上了，那些同學見我這種情形，有的誹笑我，有的談論我，我彷彿聽見她們說：「小姐的派頭倒十足，但爲什麼不喫小廚房的飯呢？」我那時不知道這學校的飯是分等第的，有錢的喫小廚房飯，沒錢就喫大廚房的飯，我只疑疑惑惑不知道她們說什麼，只怔怔地看着飯菜垂淚，直等大家都喫完，才一齊散了出來。我自從這一頓飯後，心裏更覺得難受了，這一夜翻來覆去，無論如何睡不着，看那清碧的月光，從樹杪上移到我屋子的窗櫺上，又移到我的枕上，直至月光充滿了全屋，我還不會入夢，只聽見那四個同學呼聲雷動，更感焦燥，那眼淚又不由自主的流下來了。直到天快亮，我才迷迷忽忽睡了一覺。

第二天的飯菜，依舊是不能下箸。那個小朋友知道這消息，到喫飯的時候，特把她家裏送來的菜，撥了一半給我，我才得喫了一頓飽飯，這種苦楚直挨了兩個星期，才略覺習慣些，我因爲這個小朋友待我極好，因此更加親熱，直到光復那一年，我家裏搬到天津去，我才離開這學校，我的小朋友也回通州去了。到光復以後我已經十三歲了，我的小朋友十二歲，我們一齊都進公立某小學校，後來她因爲想學醫到別處去，我們五六年不見，想不到前年她又到北京來，我們因又得歡聚，不過現在她又走了——聽說她已和人結婚——很不得志，得了肺病，將來能否再見，就說不定了。』

『你們說人生聚散有一定嗎？』露沙說完，兀自不住聲的嘆息，這時公園遊人已漸漸散盡，大家都有倦意。因趁着光慢慢步出園來，一同僱車回學校去。

露沙自從上海回來後，宗瑩和雲青、玲玉，都覺格外高興，這時候她們下課後，工作的時候很少，總是四個人拉着手，在芳草地上，輕歌快談。說到快意時，便哈天撲地的狂笑，說到淒楚時，便長呼短嘆，其實都脫不了孩子氣，什麽是人生！什麽是究竟！不過嘴裏說說，眞的苦趣還一點沒嘗到呢！

## 三

光陰快極了，不覺又過了半年，不解事的露沙、玲玉、雲青、宗瑩、蓮裳，不幸接二連三都捲入愁海了。

第一個不幸的便是露沙，當她幼年時飽受冷刻環境的薰染，養成孤僻倔強的脾氣，而她天性又極富於感情，所以她竟是個智情不調和的人。當她認識那青年梓青時。正在學潮激烈的當兒。天上飄着鵝毛片般的白雪，空中風聲凜冽，她奔波道途，一心只顧怎麼開會，怎麼發宣言，和那些青年聚在一起，討論這一項，解決那一層，她初不曾預料到這一點的因，而生出絕大的果來。

梓青是個沈默孤高的青年，他的議論最澈底，在會議的席上，他不大喜歡說話，但他的論文極多，露沙最喜歡讀他的作品，在心流的溝裏，她和他不知不覺已打通了，因此不斷的通信，從泛泛的交誼，變爲同道的深契，這時露沙的生趣勃勃，把從前的冷淡態度，融化許多，她每天除上課外，便是到圖書館看書，看到有心得，她或者作短文，和梓青討論，或者寫信去探梓青的見解，在這個時期裏，她的思想最有進步，并且她又開始研究哲學，把從前懵懵懂懂的態度都改了。

有一天正上哲學課，她拏着一枝鉛筆記先生口述的話，那時先生正講人生觀的問題，中間有一句說：『人生到底作什麼？』她聽了這話忽然思潮激湧，停了手裏的筆，更聽不見先生繼續講些什麼？只怔怔的盤算，『人生到底作什麼？……牽來牽去，忽想到戀愛的問題上去，——青年男女，好像是一朵含苞未放的玫瑰花，美麗的顏色足以安慰自己，誘惑別人，芬芳的氣息，足以滿足自己，迷戀別人。但是等到花殘了，葉枯了，人家棄置，自己憎厭，花木不能躲時間空間的支配，人類也是如此，那末人生到底作什麼？……其實又有什麼可作？戀愛不也是一樣嗎？青春時互相愛戀，愛戀以後怎麼樣？……不是和演劇般，到結局無論悲喜，總是空的呵！并且愛戀的花，常常襯着苦惱的葉子，如何跳出這可怕的圈套，清淨一輩子呢？……』她越想越玄，後來弄得不得主意，喫飯也不正經喫，有時只端着飯碗拏着筷子出神，睡覺也不正經睡，半夜三更坐了起來發怔，甚至於痛哭了。

這一天下午，露沙又正犯着這哲學病，忽然梓青來了一封信，裏頭有幾句話說：『枯寂的人生眞未免太單調了！……唉！什麼時候才得甘露的潤澤，在我空漠的心田，開朵燦爛的花呢？……恐怕只有膜拜「愛神」，求她的憐憫了！』這話和她的思想，正犯了衝突，交戰了一天，仍無結果，到了這一天夜裏，她勉勉強強寫了梓青的回信，那話處處露着徬徨矛盾的痕跡，到第二天早起從新看看自己覺得不妥，因又撕了，結果只寫幾個字道：『來信收到了，人生不過爾爾，苦也罷，樂也罷，幾十年全都完了，管他呢！且隨遇而安罷！』

活潑潑地露沙，從此憔悴了！消沈了！對於人間時而信，時而疑，神經越加敏銳，閒步到中央公園，看見鴨子在鐵欄裏游泳，她便想到，人生和鴨子一樣的不自由，一樣的愚鈍，人生到底作什麼？聽見鸚鵡叫，她便想到人們和鸚鵡一樣，刻板的說那幾句話。一樣的不能跳出那籠子的束縛，看見花落葉殘，便想到人的末路——死——彷彿天地間只有愁雲滿佈，悲霧迷漫，無一不足引起她對世界的悲觀，弄得精神衰頹。

露沙的命運是如此。雲青的悲劇同時開演了，雲青向來對於世界是極樂觀的，她目的想作一個完美的教育家，她願意到鄉村的地方——綠山碧水——的所在，招集些鄉村的孩子，好好的培植她們，完成甜美的果樹，對於露沙那種自尋苦惱的態度，每每表示反對。

這天下午她們都在學校園葡萄架下閒談，同級張君拏了一封信來，遞給露沙，她們都圍攏來問『這是誰的信，我們看得嗎？』露沙說『這是蔚然的信，有什麼看不得的。』她說着因把信撕開，抽出來念道——

『露沙君：

不見數月了！我近來很忙。沒有寫信給你，抱歉得很！你近狀如何？念書有得嗎？我最近心緒十分惡劣，事事都感到無聊的痛苦，一身一心都覺無所着落，好像黑夜中，獨架扁舟，漂泊於四無涯際，深不見底的大海汪洋裏，徬徨到底點了呵！日前所云事，曾否進行，有效否，極盼望早得結果，慰我不定的心。別的再談。

蔚然』

宗瑩說，『這個人不就是我們上次在公園遇見的嗎？……他真有趣，抱着一大細講義，睡在椅子上看，……他託你什麼事？……露沙！』

露沙沈吟不語，宗瑩又追問了一句，露沙說：『不相干的事，我們說我們的吧！時候不早，我們也得看點書才對，』這時玲玉和雲青正在那喞喞噥噥商量星期六照像的事，宗瑩招呼了她們，一齊來到講堂。玲玉到圖書室找書預備作論文，她本要雲青陪她去，被露沙攔住說：『宗瑩也要找書，你們倆何不同去，』玲玉才捨了雲青，和宗瑩去了。

露沙叫雲青道『你來!我有話和你講』雲青答應着一同出來，她們就在柳陰下，一張凳子上坐下了。露沙說：『蔚然的信你看了覺得怎樣?』雲青懷疑着道：『什麼怎麼樣?我不懂你的意思?』露沙說：『其實也沒有什麼?……我說了想你也不至於惱我吧?』雲青說：『什麼事?你快說就是了。』露沙說『他信裏說他十分苦悶，你猜爲什麼?……就是精神無處寄託，打算找個志同道合的女朋友，安慰他靈魂的枯寂!他對於你十分信任，從前和我說過好幾次，要我先容，我怕碰釘子，直到如今不曾說過，今天他又來信苦苦追問，我才說了，我想他的人格，你總信得過，作個朋友，當然不是大問題是不是?』雲青聽了這話，一時沒說什麼，沈思了半天說：『朋友原來不成問題，……但是不知道我父親的意思怎樣?等我回去問問再說吧!』……露沙想了想答道：『也好吧!但希望快點!』她們談到這里，聽見玲玉在講堂叫她們，便不再往下說，就回到講堂去。

露沙幫着玲玉找出漢書藝文志來，混了些時，玲玉和宗瑩都伏案作文章，雲青拏着一本唐詩，怔怔凝思，露沙叉着手站在玻璃窗口，聽柳樹上的夏蟬不住聲的嘶叫，心裏只覺悶悶地，無精打彩的坐在書案前，書也懶看，字也懶寫。孤雲正從外頭進來，撫着露沙的肩說『怎麼又犯了毛病啦！眼淚汪汪是什麼意思呵！』露沙滿腔煩悶悲涼，經她一語道破，更禁不住，爽性伏在桌上嗚咽起來，玲玉、宗瑩和雲青都急忙圍攏來安慰她，玲玉再三問她爲什麼難受，她只是搖頭，她實在說不出具體的事情來，這一下午她們四個人都沉悶無言，各人歎息各人的，這種的情形，絕不是頭一次了。

冬天到了，操場裏和校園中沒有她們四人的影子了，這時她們的生活只在圖書館或講堂裏，但是圖書館是看書的地方，她們不能談心，講堂人又太多，到不得已時，她們就躲在櫛沐室裏，那里有頂大的洋爐子，他們圍爐而談，毫無妨礙。

最近兩個星期，露沙對於宗瑩的態度，很覺懷疑。宗瑩向來是笑容滿面，喜歡談說的，現在却不然了，鎭日坐在講堂，手裏拏着筆，在一張破紙上，畫來畫去，有時忽向玲玉說：『作人眞苦呵！』露沙覺得她這種形態，絕對不是無因，這一天的第二課正好教員請假，露沙因約了宗瑩到櫛沐室談心，露沙說：『你有什麼爲難的事嗎？』她沉吟了半天說：『你怎麼知道？』露沙說：『自然知道，……你自己不覺得，其實誠於中，形於外，無論誰都瞞不了呢！』宗瑩低頭無言，過了些時，她才對露沙說：『我告訴你，但請你守祕密。』露沙說：『那自然啦，你說吧！』

『我前幾個星期回家，我母親對我說有個青年要向我求婚，據父親和母親的意思，都很歡喜他，他的相貌很漂亮，學問也很好，但只一件他是個官僚，我的志趣你是知道的，和官僚結婚多討厭呵！而且他的交際極廣，難保沒有不規則的行動，所以我始終不能決定，我父親似乎很生氣，他說：「現在的女孩子，眼裏那有父母呵，好吧！我也不能強迫你，不過我覺得這是個好機會，我作父親的有對你留意的責任，你若自己錯過了，那就不能怨人……據我看那個青年，實在是不可多得的人才，將來至少也有科長的希望……」我被他這一番話說得眞覺難堪，我當時一夜不曾合眼，我心裏只恨爲什麼這麼倒霉？若果始終要爲父母犧牲。我何必念書晉學校。只過我六七年前小姐式的生活，早晨睡到十一二點起來，看看不相干的閒書，作兩首謅調的詩，滿肚皮佳人才子的思想，三從四德的觀念，那末父母之命，媒妁之言，我自然遵守，也沒有什麼苦惱了！現在旣然晉了學校，有了智識，叫我屈伏在這種頑固不化的威勢下，怎麼辦得到！我犧牲一個人不要緊，其奈良心上過不去，你說難不難？……』宗瑩說到傷心時，淚珠兒便不斷的滴下來，露沙到弄得沒有主意了，只得想法安慰她說：『你不用着急，天下沒有不愛子女的父母，她絕不忍十分難爲你……』

宗瑩垂淚說：『爲難的事還多呢？豈止這一件。你知道師旭常常寫信給我嗎？』露沙詫異道：『師旭是不是那個很胖的青年？』宗瑩道：『是的』……『他頭一封信怎麼寫的？』露沙如此的問，宗瑩道：『他提出一個問題和我討論，叫我一定須答覆，而且還寄來一篇論文叫我看完交回，這是使我不能不回信的原因。』露沙聽完，點頭嘆道：『現在的社交，第一步就是以討論學問爲名，那招牌實在是堂皇得很，等你眞眞和他討論學問時，他便再進一層，和你討論人生問題，從人生問題裏便渲染上許多憤慨悲抑的感情話，打動了你，然後戀愛問題就可以應運而生了。……簡直是作戲，所幸當局的人總是一往情深，不然豈不味同嚼蠟！』宗瑩說：『什麼事不是如此？……作人只得模糊些罷了。』

她們正談着，玲玉來了，她對她們作出嬌癡的樣子來，似笑似惱的說。『啊喲！兩個人像煞有介事，……也不理人家，』說着歪着頭看她們笑，宗瑩說：『來來！……我頂愛你！』一壁說，一壁走，過來拉着她的手，她就坐在宗瑩的旁邊，將頭靠在她的胸前說：『你眞愛我嗎？……眞的嗎？』……『怎麽不眞！』宗瑩應着便輕輕在她手上吻了一吻。露沙冷冷地笑道：『果然名不虛傳，情迷碰到一起就有這麽些做作！』玲玉插嘴道：『咦！世界上你頂沒有愛，一點都不愛人家』露沙現出很悲涼的形狀道：『自愛還來不及，說得愛人家嗎？』玲玉有些惱了，兩頰緋紅說：『露沙頂忍心，我要哭了！我要哭了！』說着當眞眼圈紅了，露沙說：『得啦！得啦！和你鬧着玩呵！……我縱無情，但對於你總是愛的，好不好？』玲玉雖是哈哈地笑，眼淚卻隨着笑聲滾了下來。正好雲青找到她們處來，玲玉不容她開口，拉着她就走，說：『走吧！走吧！露沙一點不愛人家，還是你好，你永永愛我！』雲青只遲疑的說『走嗎？……眞是的！』又回頭對我們笑道：『這是怎麽回事？……你們不走嗎……』宗瑩說：『你先走好了，我們等等就來。』玲玉走後，宗瑩說：『玲玉眞多情，……我那親戚若果能娶她，眞是福氣！』露沙道：『眞的！你那親戚現在怎麽樣？你這話已對玲玉說過嗎？』宗瑩說：『我那親戚不久就從美國回來了，玲玉方面我約略說過，大約很有希望吧！』『哦！聽說你那親戚從前曾和另外一個女子訂婚，有這事嗎？』露沙又接着問，宗瑩歎道：『可不是嗎？現在正在離婚，那邊執意不肯將來麻煩的日子有呢！」露沙說『這恐怕還不成大問題……只是玲玉和你的親戚有否發生感情的可能，到是個大問題呢？……聽說現在玲玉家裏正在介紹一個姓胡的，到底也不知什麽結果？』宗瑩道『慢慢地再說吧！現在已經下堂了。底下一課文學史，我們去聽吧！』她們就走向講堂去。

她們四個人先後走到成人的世界去了。從前的無憂無愁的環境，一天一天消失。感情的花，已如荼如火的開着燦爛溫馨的色香，使她們迷戀，使她們嘗到甜蜜的愛的滋味，同時使她們了解苦惱的意義。

這一年暑假，露沙回到上海去，玲玉回到蘇州去。雲青和宗瑩仍留在北京，她們臨別的末一天晚上，約齊了住在學校裏，把兩張木牀合幷起來預備四個人聯牀談心，在傍晚的時候，她們在殘陽的餘輝下，唱着離別的歌兒道：

『潭水桃花，故人千里，

離歧默默情深懸，

兩地思量共此心！

何時重與聯襟？

願化春波送君來去，

天涯海角相尋。』

歌調蒼涼，她們的聲音越來越低，直至無聲，露沙嘆道：『十年讀書，得來只是煩惱與悲愁，究竟知識誤我？我誤知識？』雲青道：『眞是無聊！記得我小的時候，看見別人讀書，十分羨慕，心想我若能有了知識，不知怎樣的快樂，若果知道越有知識，越與世不相容，我就不當讀書自苦了，』宗瑩說：『誰說不是呢？就拏我個人的生活說吧！我幼年的時候，沒有兄弟姊妹，父母十分溺愛，也不許進學校，只請了一位老學究，教我讀毛詩左傳，閒時學作幾首詩。一天也不出門，什麽是世界我也不知道，覺得除依賴父母過我無憂無慮的生活外，沒有一點別的思想，那時在別人或者看我很可惜，甚至於覺得我很可憐，其實我自己到一點不覺得。後來我有一個親戚，時常講些學校的生活，及各種常識給我聽，不知不覺中把我引到煩惱的路上去，從此覺得自己的生活，樣樣不對不舒服，千方百計和父母要求晉學校，晉了學校，人生觀完全變了。不容於親戚，不容於父母，一天一天覺得自己孤獨，什麼悲愁，什麼無聊，逐件發明了……豈不是知識誤我嗎？』她們三人的談話，使玲玉受了極深的刺激，呆呆地站在秋千架旁，一語不發，雲青無意中望見，因撇了露沙宗瑩走過來，拊在她的肩上說：『你怎樣了？……有什麼不舒服嗎？』玲玉仍是默默無言，搖搖頭，回過臉去，那眼淚便撲簌簌滾了下來，她們三人打斷了話頭，拉着她到櫛沐室裏，替她拭乾了淚痕，談些詼諧的話，才漸漸恢復了原狀。

到了晚上，她們四人睡在牀上，不住的講這樣說那樣，弄到四點多鐘才睡着了。第二天下午露沙和玲玉乘京浦的晚車離開北京，宗瑩和雲青送到車站，當火車頭轉動時，玲玉已忍不住嗚咽起來，露沙生性古怪，她遇到傷心的時候，總是先笑，笑夠了，事情過了，她又慢慢回想着獨自垂淚，宗瑩雖喜言情，但她卻不好哭，雲青對於什麼事，好像都不足動心的樣子，這時對着漸去漸遠的露沙玲玉，只是怔怔呆望，直到火車出了正陽門，連影子都不見了，她才微微嘆着氣回去了。

在這分別的期中，雲青有一天接到露沙的一封信說：

「雲青：

人間譬如一個荷花缸人類譬如缸裏的小蟲，無論怎樣聰明，也逃不出人間的束縛，回想臨別的那天晚上，我們所說的理想生活——海邊修一座精緻的房子，我和宗瑩開了對海的窗戶，寫偉大的作品；你和玲玉到臨海的村裏，教那天真的孩子念書，晚上回來，便在海邊的草地上喫飯，談故事，多少快樂——但是我恐怕這話，永久是理想的呵！你知道宗瑩已深陷於愛情的漩渦裏，玲玉也有愛劍卿的趨勢。雖然這都是她們倆的事，至於我們呢？蔚然對於你陷溺極深，我到上海後，見過他幾次，覺得他比從前沉悶多了。每每仰天長嘆，好像有無限隱憂似的。我屢次問他，雖不曾明說什麼，但對於你的渴慕仍不時流露出來。雲青！你究竟怎麼對付他呢？你向來是理智勝於感情的，其實這也是她們不到的觀察，對於蔚然的誠摯，能始終不爲所動嗎？況且你對於蔚然的人格曾表示相信，那末你所以拒絕他的，豈另有苦衷嗎？……

按說我的爲人，在學校裏，同學都批評我極冷淡寡情，其實人間的蟲子，要想作太上的忘情，只是矯情吧了！不過有的人喜歡用情——卽世上所謂的多情——有的不喜歡用情，一旦若是用了，更要比多情的深摯得多呢？我相信你不是無情，只是深情，你說是不是？

你前封信曾問我梓青的事，在事實上我沒有和他發生愛情的可能，但愛情是沒有條件的。外來的桎梏，正未必能防範得住呢？以後的結果，實不可預料，只看上帝的意旨如何罷了。

露沙』

雲青接到這封信，受了極大的刺激，用了兩天兩夜的思維，仍不能決定，她只得打電話叫宗瑩來商量，宗瑩問她對於蔚然本身有無問題，雲青答道：『我向來沒有和男子們交接，我覺得男子可以相信的很少，至於蔚然的人格，我始終信仰，不過我向來理智強於感情，這事的結果，若是很順當的，那末到也沒什麼，若果我父母以爲不應當……或者親戚們有閒話，那我寧可自苦一輩子，報答她的情義，叫我勉強屈就是作不到的。』

宗瑩聽完這話，沉想些時說：『我想你本身若是沒有問題，那末就可以示意蔚然，叫她託人對你父母提出，豈不妥當嗎？』雲青懶懶道：『大約也只有這麼辦了，……唉！眞無聊……』她們商量妥當，宗瑩也就回去了。

傍晚的時候，蘭馨來找雲青，談話之間，便提到露沙，蘭馨說：『我前幾天聽見人說，露沙和梓青已發生戀愛了，但梓青已經結婚了，這事將來怎麼辦呢？』

雲青怔怔地看着牆上的風景畫出神，歇了半天說：『這或者是人們的謠傳吧！……我看露沙不至於這麼糊塗！』

『咦！你也不要說這話，……固然露沙是極明白，不至於上當，但梓青的婚姻是父母強迫的，本沒有愛情可言，他縱對於露沙要求情愛，按眞理說並不算大不道，不過社會上一般人未免要說閒話罷了。……露沙最近有信嗎？』

『有信，對於這事，她也曾說過，但她的主張，怕不至於就會隨隨便便和梓青結婚吧？她向來主張精神生活的，就是將來發生結婚的事情，也總得有相當的機會。』

『其實她近年來在社會上已很有發展的機會，還是不結婚好，不然埋沒了未免可惜……你寫信還是勸她努力吧！』

她們正談着，一陣電話鈴響，原來是孤雲找蘭馨說話，因打斷了她們的話頭，蘭馨接了電話。孤雲要約她公園玩去，她於是辭了雲青到公園去。

雲青等她走後，便獨自坐在廊子底下，默默沈思：『覺得人生眞是有限，像露沙那種看得破的人，也不能自拔？宗瑩更不用說了……便是自己也不免宛轉因物！』雲青正在遐想的時候，只見聽差走進來說有客來找老爺，雲青因急急迴避了，到屋裏看了幾頁書，倦上來就收拾睡下。

第二天早晨，雲青才起來，她的父親就叫她去說話，她走進父親的書房，只見她父親縐着眉道：『你認得趙蔚然嗎？』雲青聽了這話，頓時心跳血漲，囁嚅半天說：『聽見過這人的名字，』她父親點頭道：『昨天伊秋先生來，還提起他，我覺得這個人太懦弱了，而且相貌也不魁武，』一壁說着，一壁看着雲青，雲青只是低頭無言，後來她父親又道：『我對於你的希望很大，你應當努力預備些英文，將來有機會，到外國走走才是。』說到這里，才慢慢站起來走了。

雲青怔怔望着窗外柳絲出神，覺有無限悵惘的情緒，縈繞心田，因到書案前，申紙染毫寫信給露沙道：

「露沙：

前信甫發，接書一慰，因連日心緒無聊，未能卽覆，抱歉之至！來書以處世多磨，苦海無涯爲言，知露沙感喟之深。子固生性豪爽者，讀到「雄心壯志早隨流水去」之句，令人不忍爲設地深思也。「不享物質之幸福，亦不願受物質之支配。」誠然！但求精神之愉快，閉門讀書，固亦雲唯一之希望，然豈易言乎？

宗瑩與師旭定婚有期矣，聞宗瑩因此事，與家庭衝突，曾陪却不少眼淚。究竟何苦來？所謂「有情人都成眷屬」亦不過霎時之幻影耳，百年容易，眼見白楊蕭蕭，荒塚纍纍，誰能逃此大限？此誠「天下本無事，庸人自擾之也。」渠結婚佳期聞在中秋，未知確否，果確，則一時之興，尚望露沙能北來，共與其盛，未知如願否？

玲玉事仍未能解決，而兩方愛情則與日俱增，可憐！有限之精神，怎經如許消磨，玲玉爲此事殊苦，不知冥冥之運命，將何以處之也！嗟！嗟！造化弄人！

最後一段，欲不言而不得不言，此卽蔚然之事，雲自幼卽受禮教之薰染，及長已成習慣，縱新文化之狂浪，汨沒吾頂，亦難洗前此之遺毒，況父母對雲又非惡意，雲又安忍與抗乎？乃近聞外來傳言，又多誤會，以爲家庭強制，實則雲之自身願爲家庭犧牲，何能委責家庭，願露沙有以正之！至於蔚然處，亦望露沙隨時開導，雲誠不愿陷人滋深，且願終始以友誼相重，其他問題都非所願聞，否則只得從此休矣！

思緒不寧，言失其序，不幸！不幸！不知無常之天道，伊於胡底也，此祝

健康！

雲青』

雲青寫完信後，就到姑媽家找表姊妹們談話去了。

四

露沙由京回到上海以後，和玲玉雖隔得不遠，仍是相見苦稀，每天除陪了母親兄嫂姊妹談話，就是獨坐書齋，看書念詩，這一天十時左右，郵差送信來，一共有五六封，有一封是梓青的信，內中道：——

『露沙吾友：

又一星期不接你的信了！我到家以來，只覺無聊，回想前些日子在京時。我到學校去找你，雖沒有一次不是相對無言，但精神上已覺有無限的安慰，現在幷此而不能，悵惘何極！

上次你的信說有時想到將來離開了學校生活，而踏進惡濁的社會生活，不禁萬事灰心，我現雖未出校，已無事不灰心了！平時有說有笑，只是把灰心的事擱起，什麼讀書什麼事業，祇是於無可奈何中聊以自遣，何嘗有眞樂趣！——我心的苦，知者無人——然亦未始非不幸中之幸，免得他們更和我格格不入了。

我於無意中得交着你，又無意於短時間中交情深刻這步田地！這是我最滿意的事，唉！露沙！這的是我們一線的生機，有無上的價値！

說到「人生不幸」我是以爲然而不敢深思的，我們所想望的生活，幷不是烏托邦，不可能的生活，都是人生應得的生活；若使我們能夠得到應得的生活，雖不能使我們完全滿意，聊且滿意於不幸的人生中，我們也就勉強自足了！露沙！我連這一層都不敢想到，更何敢提及根本的「人生不幸」

你近來身體怎樣，務望自重，有工夫多來信吧！此祝

快樂！

梓青書』

露沙接到信後，只感到萬種淒傷，把那信翻來覆去，看了無數遍，直到能背誦了，她還是不忍收起——這實在是她的常態，她生平喜思量，每逢接到朋友們的來信，總是這種情形——她悶悶不語，最後竟滴下淚來，本想即刻寫回信，恰巧蔚然來找，露沙才勉強拭乾眼淚，出來相見。

這時已是黃昏了，西方的豔陽餘輝，正射在玻璃窗上，由玻璃窗反折過來，正照在蔚然的臉上，微紅而黑的兩頰邊，似有淚痕，露沙很奇異的問道『現在怎麼樣？』蔚然悽然說：『不知道爲什麼？這幾天心緒惡劣，要想到西湖，或蘇州跑一趟，又苦於走不開，人生眞是乾燥極了！』露沙只嘆了一聲，彼此緘默約有五分鐘，蔚然才問露沙道：『雲青有信嗎？……我寫了三封信去，她都沒有回我，不知道怎樣，你若寫信時，替我問問吧！』露沙說：『雲青前幾天有信來，她曾叫我勸你另外打主意，她恐怕終久叫你失望……她那個人作事十分愼重，很可佩服，不過太把自己犧牲了！……你對她到底怎樣呢？』蔚然道：『我對於她當然是始終如一，不過這事也幷不是勉強得來

的，她若不肯，當然作罷，但請她不要以此介介，始終保持從前的友誼好了，』露沙說：『是呀！這話我也和她談過，但是她說爲避嫌疑起見，她只得暫時和你疏遠，便是書信也擬暫時隔絕，等到你婚事已定後再和你繼續前此友誼……我想雲青的心也算苦了。她對於你絕非無情，不過她爲了父母的意見寧可犧牲她的一生幸福……說到這里，我又想起今年春假雲青、玲玉、宗瑩、蓮裳，我們五個人在天津住着，有一天夜裏正是月色花影，互相厮併，紅浪碧波，掩映鬬媚，那時候我們坐在日本的神壇的草地上，密談衷心，也曾提起這話，雲青曾說對於你無論如何，終覺抱歉，因爲她固執的緣故，不知使你精神上受多少創痕，……但是她也絕非木石，所以如此的原因，不願受人訾議罷了。後來玲玉就說：這也沒有什麼訾議，現在比不得從前，婚姻自由本是正理，有什麼忌諱呢？雲青當時似乎很受了感動，就道：「好吧！我現在也不多管了。叫他去進行，能成也罷，不成也罷！我只能順事之自然，至於最後的奮鬬，我沒有如此大魄力——而且鬧起來，與家庭及個人都覺得說來不好聽……」當日我們的談話雖僅此而止，但她的態度可算得很明瞭。我想你如果有決心非她不可，你便可稍緩以待時機。』蔚然點頭道：『暫且不提好了。』

蔚然走後，玲玉恰好從蘇州來，邀露沙明天陪她到吳淞去接劍卿去，露沙就留她住在家裏，晚飯後閒談些時便睡下了，第二天早晨才五點多鐘玲玉就從睡中驚醒，悄悄下了牀，梳好了頭。這時露沙也起來了，她們都收拾好了，已經到六點半，因乘車到火車站，距開車才有十分鐘，忙忙買了車票，幸喜車上還有坐位，玲玉臉向車窗坐着，早晨豔陽射在她那淡紫色的衣裙上，嬌美無比，襯着她那似笑非笑的雙靨，好像濃綠叢中的紫羅蘭，露沙對她怔怔望着，好像在那里猜謎是的。玲玉回頭問道：「你想什麼？你這種神情，襯着一身雪般的羅衣，直像那寶塔上的女石像呢！」露沙笑道：「算了吧！知道你今天興頭十足，何必打趣我呢？」玲玉被露沙說得不好意思了，仍回過頭去，佯爲不理。

半點鐘過去了，火車已停在吳淞車站，她們下了車，到泊船碼頭打聽，那隻美國來的船，還有兩三個鐘頭才進口，她們便在海邊的長堤上坐下，那堤上長滿了碧綠的青草，海濤怒嘯，綠浪澎湃，但四面寂寥，除了草底的鳴蛩，抑抑悲歌外，再沒有其他的音響和怒浪駭濤相應和了。

兩點多鐘以後，她們又回到碼頭上，只見許多接客的人，已擠滿了，再往海面一看，遠遠的一隻海船，開着慢車冉冉而來，玲玉叫道『船到了！船到了！』她們往前擠了半天，才站了一個地位，又等半天那船才攏了岸。鼓掌的歡聲，和呼喚的笑聲，立刻充溢空際。玲玉只怔怔向船上望着，望來望去終不見劍卿的影子，十分徬徨。只等到許多人都下了船，才見劍卿提着小皮包，急急下船來，玲玉走向前去，輕輕叫道『陳先生！』劍卿忙放下提包，握着玲玉的手道：『哦！玲玉！我眞快活極了！你幾時來的？那一位是你的朋友嗎？……』玲玉說『是的！讓我給你介紹介紹』因回過頭對我道：『這位是陳劍卿先生。』又向陳先生道：『這位是露沙女士』彼此相見過，便到火車站上等車。玲玉問道：『陳先生的行李都安置了嗎？』劍卿道：『已都託付一個朋友了，我們便可一直到上海暢談竟日呢？』玲玉默默無言，低頭含笑，把一塊絹帕疊來疊去。露沙只聽劍卿縷述歐美的風俗人情。不久到了上海，露沙託故走了，玲玉和劍卿到半淞園去，到了晚上，玲玉仍回到露沙家裏，住了一夜，第二天早上就回蘇州。

過了幾天，玲玉寄來一封信，邀露沙北上，這時候已經是八月的天氣，風涼露冷，黃花遍地，她們乘八月初三早車北上。在路上玲玉告訴露沙，這次劍卿向她求婚，已經不能再堅執了。現在已雙方求家庭的通過，露沙因問她劍卿離婚的手續已辦沒有？玲玉說『據劍卿說，已不成問題，因爲那個女子已經有信應允他。不過她的家人故意爲難，但婚姻本是兩方同意的結合，豈容第三者出來勉強，並且那個女子已經到英國留學去了……不過我總覺得有些對不住那個女子罷了！』露沙沈吟道：『你到沒什麼對不住她。不過劍卿據什麼條件一定要和這女子離婚呢？』玲玉道：『因爲他們定婚的時候，並不是直接的，其間曾經第三者的介紹，而那個介紹人又不忠實，後來被劍卿知道了，當時氣得要死，立刻寫信回家，要求家裏替他離婚，而他的家庭很頑固，去信責備了他一頓，他想來想去沒有辦法，只有自己出馬，當時寫了一封信給那個女子，陳說利害。那個女子到也明白，很爽快就答應了他，並且寫了一封信給她的家人，意思是說婚姻大事，本應由兩個男女自己作主，父母所不能強逼，現在劍卿既覺得和她不對，當然由他離異等語，不過她的家人，十分不快，一定不肯把訂婚的憑證退還，所以前此劍卿向我求婚，我都不肯答應……但是這次他再三的哀求，我眞無法了，只得答應了他。好在我們都有事業的安慰，對於這些事都可隨便。露沙點頭道：『人世的禍福正不可定，能遊嬉人間也未嘗不是上策呢？』

玲玉同露沙到北京之後，就在中學裏擔任些鐘點，這時她們已經都畢業了。雲青、宗瑩、露沙、玲玉都在北京，只有蓮裳到天津女學校教書去了。蓮裳在天津認識了一個姓張的青年，不久她們便發生了戀愛，在今年十月十號結婚，她們因約齊一同到天津去參與盛典。

蓮裳隨遇而安的天性，所以無論處什麼環境，她都覺得很快活，結婚這一天，她穿着天邊彩霞織就的裙衫，披着秋天白雲綢成的軟綃，手裏捧着滿蓄着愛情的玫瑰花，低眉凝容站在禮堂的中間。男女來賓有的嘖嘖讚好，有的批評她的衣飾，只有玲玉、宗瑩、雲青、露沙四個人，站在蓮裳的身傍，默默無言。仿佛蓮裳是勝利者的所有品，現在已被勝利者從她們手裏奪去一般，從此以後，往事便都不堪回憶！海濱的聯袂倩影，現在已少了一個，月夜的花魂，不能再聽見她們五個人一齊的歌聲。她們越思量越傷心，露沙更覺不能支持，不到禮完，她便悄悄地走了，回到旅館裏傷感了半天，直至玲玉她們回來了，她兀自淚痕不乾，到第二天清早，便都回到北京了。

從天津回來以後，露沙的態度更見消沈了。終日悶悶不語，玲玉和雲青常常勸她到公園散心去，露沙只是搖頭拒絕。人們每提到宗瑩，她便淚盈眼簾，悽楚萬狀！有一天晚上，月色如水，幽景絕勝，雲青打電話邀她家裏談話，她勉强打起精神，坐了車子，不到一刻鐘就到了。這時雲青正在她家土山上一塊雲母石上坐着，露沙因也上了山，並肩坐在那塊長方石上，雲青說：『今夜月色眞好，本打算約玲玉宗瑩我們四個人，淸談竟夜，可恨劍卿和師旭把她們倆伴住了不能來——想想朋友眞沒交頭，起初情感濃摯，眞是相依爲命，到了結果，一個一個都風流雲散了，回想往事，只恨多餘！怪不得我妹妹常笑我傻。我眞是太相信人了！』露沙說：『世界上的事情本來不過爾爾，相信人，結果固然不免孤另之苦，就是不相信人，何嘗不是依然感到世界的孤寂呢？總而言之，求安慰於善變化的人類，終是不可靠的，我們還是早些覺悟，求慰於自己吧！』露沙說完不禁心酸，對月怔望，雲青也覺得十分悽楚，歇了半天，才嘆道：『從前玲玉老對我說同性的愛和異性的愛是沒有分別的，那時我曾駁她這話不對，她還氣得哭了，現在怎麼樣呢？』露沙說『何止玲玉如此？便是宗瑩最近還有信對我說：「十年以後同退隱於西子湖畔呢？」那一句是可能的話，若果都相信她們的話，我們的後路只有失望而自殺罷了！』

她們直談到夜深更靜，仍不想睡。後來雲青的母親出來招呼她們去睡，她們才勉強進去睡了。

露沙從失望的經驗裏，得到更孤僻的念頭，便是對於最信仰的梓青，也覺淡漠多了。這一天正是星期六，七點多鐘的時候，梓青打電話來邀她看電影，她竟拒絕不去，梓青覺得她的態度變得很奇怪。當時沒說什麼，第二天來了一封信道：

『露沙！

我在世界上永遠是孤零的呵！人類眞正太慘刻了！任我流涸了淚泉；任我粉碎了心肝，也沒有一個人肯爲我叫一聲可憐！更沒有人爲我灑一滴半滴的同情之淚！便是我向日視爲一線的光明，眼見得也是暗淡無光了！咳！露沙！若果你肯明明白白告訴我說：『前頭沒有路了！』那末我決不再向前多走一步，任這一錢不值的軀殼，隨萬丈飛瀑而去也好；併頹巖而同墮於千仞之深淵也好；到那時我一切顧不得了。就是殘苛的人類，打着得勝鼓宣佈凱旋，我也只得任他了……咳！心亂不能更續，順祝

康健！

梓青』

露沙看完這封信，心裏就像萬弩齊發，痛不可忍，伏在枕上嗚咽悲哭，一面自恨自己太怯弱了！人世的謎始終打不破，一面又覺得對不住梓青使他傷感到這步田地，知情交戰，苦苦不休，但她天性本富於感情，至於平日故爲曠達的主張，只不過一種無可如何的呻吟。到了這種關頭，自然仍要爲情所勝了，況她生平主張精神的生活，她有一次給蓮裳一封信裏頭有一段說：

『許多聰明人，都勸我說：「以你的地位和能力，在社會上很有發展的機會，爲什麼作繭自束呢？」這話出於好意者的口裏，我當然是感激他，但是一方我卻不能不怪他太不諒人了！……若果人類生活在世界上，只有喫飯穿衣服兩件事，那末我早就葬身狂浪怒濤裏了，豈有今日？……我覺得宛轉因物，爲世所稱，倒不如行我所適，永垂罵名呢？乾枯的世界，除了精神上不可制止情的慰安外，還有別的可滋生趣嗎？……』

露沙的志趣，既然是如此，那末對於梓青十二分懇摯的態度，能不動心嗎？當時拭乾了淚痕，忙寫了一封信安慰梓青道：——

『梓青：

你的信來，使我不忍卒讀！我自己已是世界上最不幸的人了！何忍再拉你同入漩渦？所以我幾次三番，想使你覺悟，捨了這九死一生的前途；另找生路，誰知你竟誤會我的意思，說出那些痛心話來！唉！我眞無以對你呵！

我也知道世界最可寶貴，就是能彼此諒解的知己，我在世上混了二十餘年，不遇見你，固然是遺憾千古，既遇見你，也未嘗不是夙孽呢？……其實我生平是講精神生活的，形跡的關係有無，都不成問題，不過世人太苛毒了！對於我們這種的行徑，排斥不遺餘力，以爲這便是大逆不道，含沙射影，使人難堪，而我們又都是好強的人，誰能忍此？因而我的態度常常若離若卽，並非對你信不過，誰知竟使你增無限苦楚。唉！我除向你誠懇的求恕外，還有什麼話可說！願你自己保重吧！何苦自戕過甚呢？祝你精神愉快！

露沙」

梓青接到信後，又到學校去會露沙，見面時，露沙忽觸起前情，不禁心酸，淚水幾滴了下來，但怕梓青看見，故意轉過臉去，忍了半天，才慢慢擡起頭來，梓青見了這種神情，也覺十分悽楚，因此相對默默，一刻鐘裏一句話也沒有。後來還是露沙問道：『你才從家裏來嗎？這幾天蔚然有信沒有？』梓青答道：『我今天一早就出門找人去了，此刻從于農那里來，蔚然有信給于農，我這里有兩三個禮拜沒接到他的信了。』露沙又問道：『蔚然的信說些什麼？』梓青道：『聽于農說，蔚然前兩個星期，接到雲青的信，拒絕他的要求後，苦悶到極點了，每天只是拚命的喝酒，醉後必痛哭，事情更是不能做，而他的家裏，因為只有他一個獨子，很希望早些結婚，因催促他向他方面進行，究竟怎麼樣還說不定呢？不過他精神的創傷也就夠了。……雲青那方面，你不能再想法疏通嗎？』

『這事眞有些難辦，雲青又何嘗不苦痛？但她寧願眼淚向裏流，也絕不肯和父母說一句硬話。至於她的父母又不曾十分了解她，以為她既不提起，自然並不是非蔚然不嫁。那末拏一般的眼光，來衡量蔚然這種沒有權術的人，自難入他們的眼，又怎麼知道雲青對他的人格十分信仰呢？我見這事，蔚然能放下，仍是放下吧！人壽幾何？容得多少磨折？

梓青聽見露沙的一席話。點頭道：『其實雲青也太懦弱了！她若肯稍微奮鬭一點，這事自可成功……若果她是堅持不肯，我想還是勸蔚然另外想法子吧！不然怎麼了呢？』說到這里，便停頓住了。後來梓青又向露沙說：『……你的信我還沒覆你，……都是我對不住你，請你不要再想吧！』說到這里眼圈又紅了。露沙說：『不必再提了，總之不是寃家不對頭！……你明天若有工夫，打電話給我，我們或者出去玩，免得悶着難受。』梓青道：『好！我明天打電話給你，現在不早了，我就走吧。』說着站起來走了。露沙送他到門口，又回學校看書去了。

宗瑩本來打算在中秋節結婚，因爲預備來不及，現在改在年底了。而師旭彷彿是急不可待，每日下午都在宗瑩家裏直談到晚上十點，才肯回去，有時和宗瑩攜手於公園的蒼松蔭下，有時聯舞於北京飯店跳舞場裏，早把露沙和雲青諸人丟在腦後了。有時遇到，宗瑩必縷縷述說某某夫人請宴會，某某先生請看電影，簡直忙極了，把昔日所談的求學著書的話，一概收起。露沙見了她這種情形，更覺格格不入，有時覺得實在忍不住了。因苦笑對宗瑩說：『我希望你在快樂的時候，不要忘了你的前途吧！』宗瑩聽了這話，似乎很能感動她，但她確不肯認她自己的行動是改了前態，她必定說：『我每天下午還要念兩點鐘英文呢？』露沙不願多說，不過對於宗瑩的情感，一天淡似一天，從前一刻不離的態度，現在竟弄到兩三個星期不見面，縱見了面也是相對默默，甚至於更引起露沙的傷感。

宗瑩結婚的上一天晚上，露沙在她家裏住下，宗瑩自己繡了一對枕頭，還差一點不曾完工，露沙本不喜歡作這種瑣碎的事，但因爲宗瑩的原故，努力替她繡了兩個玫瑰花瓣。這一夜她們家裏的人忙極了，並且還來了許多親戚，來看她試妝的。露沙嫌煩，一個人坐在她父親的書房替她作枕頭。後來她父親走了進來，和她談話之間，曾歎道：『宗瑩眞沒福氣呵！我替她找一個很好的丈夫，她不要，！嗔若果你們學校的人，有和那個姓祝的結婚，眞是幸福！不但學問好，而且手腕極靈敏，將來一定可以大闊的。……他待宗瑩也不算薄了，誰知宗瑩竟看不上她！』露沙不好回答什麼，只是含笑唯諾而已。等了些時，她父親出去了，宗瑩打發老媽子來請露沙喫飯，露沙放下針線，隨老媽子到了堂屋，許多豔裝麗服的女客，早都坐在那里，露沙對大家微微點頭招呼了，便和宗瑩坐在一處。這時宗瑩收拾得額覆捲髮，凸凹如水上波紋，耳垂明璫，燦爛與燈光爭耀，身上穿着玫瑰紫的緞袍，手上戴着訂婚的鑽石戒指，銳光四射。露沙對她不住的端相，覺得宗瑩變了一個人。從前在學校時：仿彿是水上沙鷗，活潑淸爽。今天卻像籠裏鸚鵡，毫無生氣，板板地坐在那里，任人凝視，任人取笑，她只低眉默默，陪着那些斂光鬢影的女客們喫完飯。她母親來替她把結婚時要穿的禮服，一齊換上。祖宗神位前面點起香燭，鋪上一塊大紅氈子，叫人扶着宗瑩向上叩了三個頭。後來她的姑母們又把她父母請出來，宗瑩也照樣叩了三個頭。其餘別的親戚們也都依次拜過。又把她扶到屋裏坐着。露沙看了這種情形，好像宗瑩明天就是另外一個人了，從前的宗瑩已經告一結束，又見她的父母都悽悽悲傷，更禁不住心酸，但人前不好落淚，仍舊獨自跑到書房去痛痛快快流了半天眼淚，後來客人都散了，宗瑩來找她去睡覺。她走進屋子，一言不發，忙忙脫了外頭衣服，上牀臉向裏睡下。宗瑩此時也覺得有些悽惶，也是一言不發的睡下，其實各有各的心事，這一夜何曾睡得着。第二天天才朦朧，露沙回過臉來，看見宗瑩已醒，她似醉非醉，似哭非哭的道：『宗瑩！從此大事定了！』說着涕淚交流，宗瑩也覺得從此大事定了的一句話，十分傷心，不免伏枕嗚咽。後來還是露沙怕宗瑩的母親忌諱，忙忙勸住宗瑩。到七點鐘，大家全都起來了，忙忙地收拾這個，尋找那個，亂個不休，到十二點鐘，迎親的軍樂已經來了，那種悲壯的聲調，更攪得人肝腸裂碎，露沙等宗瑩都裝飾好了，握着她的手說：『宗瑩！願你前途如意！我現在回去了，禮堂上沒什麽意思，我打算不去，等過兩天我再來看你吧！』宗瑩只低低應了一聲，眼圈已經紅潤了，露沙不敢回頭，一直走了。

露沙回到家裏，懨懨似病，飲食不進，悶悶睡了兩天，有一天早起家裏忽來一紙電報，說她母親病重，叫她即刻回去。露沙拏着電報，又急又怕，全身的血脈，差不多都凝注了，只覺寒戰難禁。打算立刻就走，但火車已開過了，只得等第二天的早車，但這一下半天的光陰，眞比一年還難挨。盼來盼去，太陽總不離樹梢頭，再一想這兩天一夜的旅程，不獨悽寂難當，更怕趕不上與慈母一面，疑怕到這里，心頭陣陣酸楚，早知如此，今年就不當北來？

好容易到了黃昏，宗瑩和雲青都聞信來安慰她，不過入到眞正憂傷的時候，安慰決不生效果，並且相形之下，更觸起自己的傷心來。

夜深了，她們都回去，露沙獨自睡在牀上，思前想後，記得她這次離家時，母親十分不愿意，臨走的那天早起，還親自替她收拾東西，叮囑她早些回來，——如果有意外之變，將怎樣？她越思量越悽楚！整整哭了一夜，第二天早起，匆匆上了火車，蓮裳這時也在北京，她到車站送她，蓮裳愔然的神情，使露沙陡懷起距此兩年前，那天正是夜月如水的時候，她到蓮裳家裏，問候她母親的病，誰知那時她母親正斷了氣，蓮裳投在她懷裏，哀哀地哭道：『我從今以後沒有母親了！』呵！那時的悽苦，已足使她淚落聲咽。今若不幸，也遭此境遇，將怎麼辦？覺得自己的身世眞是可憐，七歲時死了父親，全靠阿母保育教養。有缺憾的生命樹，才能長成到如今，現在不幸的消息，又臨到頭上。……若果再沒有母親，伶仃的身世，還有什麼勇氣和生命的阻礙爭鬭呢？她越想越可怕，禁不住握着蓮裳的手，嗚咽痛哭。蓮裳見景傷情，也不免懷母陪淚，但她還極誠摯的安慰她說：『你不要傷心，伯母的病或者等你到家已經好了，也說不定……並且這一路上，你獨自一個，更須自己保重，倘若急出病來，豈不更使伯母懸心嗎？』露沙這時卻不過蓮裳的情，遂極力忍住悲聲。

後來雲青和永誠表妹都來了，露沙見了她們，更由不得傷心，想每回南旋的時候，雖說和她們總不免有惜別的意思，但因抱着極大的希望——依依於阿母肘下，同兄嫂妹妹等團繞於阿母膝前，如何的快活？自然便把離愁淡忘了，旅程也不覺悽苦了。但這一次回去，她總覺得前途極可怕，恨不得立時飛到阿母面前。而那可恨的火車，偏偏遲遲不開，等了好久，才聽鈴響，送客的人紛紛下車，宗瑩蓮裳她們也都和她握手言別，她更覺自己伶仃得可憐，不免又流下淚來。

在車上只是昏昏懨懨，好容易盼到天黑，又盼天亮，念到阿母病重，就如墮身深淵，混身起栗，淚落不止。

不久車子到了江邊，她獨自下了車，只覺混身疲軟，飄飄忽忽上了渡船，在江裏時，江風尖利，她的神志略覺清爽，但望着那奔騰的江浪，只覺到自己前途的孤零和驚怕，唉！上帝！若果這時明白指示她母親已經不在人間了，她一定要藉着這海浪綴成的天梯，去尋她母親去……

過了江上了滬寧車，再有六七個鐘頭到家了，心裏似乎有些希望，但是驚懼的程度，更加甚了，她想她到家時，或者阿母已經不能說話了，她心裏要怎樣的難受？……但她又想上帝或不至如此絕人——病是很平常的事，何至於一病不起呢？

那天的車偏偏又誤點了，到上海已經十二點半鐘，她急急坐上車奔回家去，離家門不遠了，而急迫和憂疑的程度，也逐層加增，只有極力噓氣，使她的呼吸不至壅塞。車子將轉灣了，家門可以遙遙望見，母親所住的屋子，樓窗緊閉，燈火全熄，再一看那兩扇黑門上，糊着雪白的喪紙，她這時一驚，只見眼前一黑，便昏暈在車上了，過了五分鐘才清醒過來，等不得開門，她已失聲痛哭了，等到哥哥出來開門時，蔴衣如雪，涕淚交下，她無力的撲在靈前，哀哀喚母，但是桐棺三寸，已隔人天，露沙在靈前哭了一夜，第二天更不支，竟寒熱交作，臥病一星期，才漸漸好了。

露沙在母親的靈前守了一個月，每天對着阿母的遺照痛哭，朋友們來函勸慰，更提起她的傷心。她想她自己現在更沒牽掛了，把從前朋友們寫的信，都從書箱裏拏出來，一封封看過，然後點起一把火燒了。覺得眼前空明，心底乾淨。並且決心任造物的播弄，對於身體毫不保重，生死的關頭，已經打破。有一天夜裏她夢見她的母親來了，彷彿記起她母親已死，痛哭起來，自己從夢中驚醒，掀開帳子一看，星月依稀，四境悽寂，悄悄下了牀，把電燈燃着，對着母親的照像又痛哭了一場。然後含淚寫了一封信給梓青道：——

「梓青！

可憐無父之兒，復抱喪母之恨，蒼天何極，絕人至此——清夜挑燈，血淚沾襟矣！

人生朝露，而憂患偏多，自念身世，愴懷無限！阿母死後，益少生趣。沙非敢與造物者抗，特雨後梨花，不禁摧殘，後此作何結局，殊不可知耳！

目下喪事已楚，友輩頻速北上，沙亦不願久居此地，蓋觸景傷情，悲愁益不勝也！梓青來函，責以大義，高誼可感。唯沙經此折磨，灰冷之心，有無復燃之望，實不敢必。此後惟飄泊天涯，消沈以終身，誰復有心與利祿徵逐，隨世俗浮沈哉，望梓青勿復念我，好自努力可也。沙已決明旦行矣。申江雲樹，不堪回首，嗟乎？冥冥天道，安可論哉？……露沙』

露沙寫完信後，天已發亮，因把行李略略檢楚，她的哥哥妹妹都到車站送她，臨行淒涼，較昔更甚，大家灑淚而別。露沙到京時，雲青曾到車站接她，並且告訴她，宗瑩結婚後不到一個月，便患重病，現在住在醫院裏，露沙覺得人生眞太無聊了！黃金時代已過，現在好像秋後草木，只有飄零罷了！

玲玉這時在上海，來信說半年以內就要結婚，露沙接信後，不像前此對於宗瑩蓮裳那種動心了，只是淡淡寫了一封賀她成功的信，這時露沙昔日的朋友，一個個都星散了。北京只賸了一個雲青和久病的宗瑩，至於孤雲和蘭馨，雖也在北京，但露沙輕易不和她見面，所以她最近的生活，除了每天到學校裏上課外，回來只有昏睡。她這時住在舅舅家裏，表妹們看見她這樣，都覺得很可憂的。想盡種種方法來安慰她，不但不能止她的愁，而且每一提起，她更要痛哭。她的表妹知道她和梓青極好，恐怕能安慰她的只是他了，因給梓青寫了一封信道：

『梓青先生：

我很冒昧給你寫信，你一定很奇怪吧？你知道我表姊近來的狀況怎樣嗎？她自從我姑母死後，更比從前沈默了！每天的枕頭上的淚痕，總是不乾的，我們再三的勸慰，終無益於事，而她的身體本來不好，那經得起此種的殷憂呢？你是她很好的朋友，能不能想個法子安慰她？我盼望你早些北來，或者可稍殺她的悲懷！

我們一家人都爲她擔憂，因爲她向來對於人世，多抱悲觀，今更經此大故，難保沒有意外的事情發生。……要說起她也實在可憐，她自幼所遇見的事，已經很使她感覺世界的冷苛，現在母親又棄她而去，一個人四海飄泊，再有勇氣的人，也不禁要志餒心灰呵！你有方法轉移她的人生觀嗎？盼望得很，再談吧！此祝露沙的表妹上』

康樂！

露沙這一天早起覺得頭腦十分沈悶，因走到院子裏站了半晌，才要到屋裏去梳頭，聽差的忽進來告訴她說，有一個姓朱的來訪她想了半天，不知道是誰，走到客廳，看見一個女子，面上微麻，但神情眼熟得很，好像見過似的，凝視了半天，才豁然問道：『你是心悟嗎？我們三年多不見了！……你從那里來？前些日子竹蓀有信來，說你去年出天花，很危險，現在都康全了？』心悟悵然道：『人事眞不可料，我想不到活到二十幾歲，還免不了出這場天災，我早想寫信給你，但我自病後心情灰冷，每逢提筆寫信，就要觸動我的傷感。人們都以我病好了，來稱賀我！其實能在那時死了，比這樣活着強得多呢？』露沙說：『災病是人生難免的，好了自然値得稱賀，你爲什麼說出這種短氣的話來？』心悟被露沙這麼一問，仿佛受了極大的刺激般，低頭哽咽，歇了半天，她才說：『我這病已經斷送了我夢想的前途，還有什麼生趣？』露沙不明白她的意思，只爲不過她一時的感觸，不願多說，因用別的話叉開，談了些江浙的風俗，心悟也就走了。

過了幾天，蘭馨來談，忽問露沙說：『你知道你那朋友朱心悟已經解除婚約了嗎？』露沙驚道：『這是怎麽一回事，怪道那天她那樣情形呢？蘭馨因問什麽情形，露沙把當日的談話告訴她。蘭馨嘆道：『作人眞是苦多樂少，像心悟那樣好的人，竟落到這步田地？眞算可憐！心悟前年和一個青年叫王文義的訂婚，兩個人感情極好，已經結婚有期，不幸心悟忽然出起天花來，病勢十分沉重，直病了四個多月才好。好了之後臉上便落了許多麻點，其實這也算不得什麽，偏偏心悟古怪心腸，她說：「男子娶妻，沒一個不講究容貌的，王文義當日再三向她求婚，也不過因愛她的貌，現在貌既殘缺，還有什麽可說，王文義縱不好意思，提出退婚的話，而他的家人已經有閒話了。與其結婚後使王文義不滿意，到不如先自己退婚呢！」心悟這種的主張發表後，她的哥哥曾勸止她，無奈她執意不肯，無法只得照她的話辦了。王文義起初也不肯答應，後來經不起家人的勸告，也就答應了。離婚之後心悟雖然達到目的，但從此她便存心逃世，現在她哥哥姊妹們都極力勸她。將來怎麽樣，還說不定呢？』蘭馨說完了，露沙道：『怎麽年來竟是這些使人傷心的消息呵！心悟從前和我在中學同校時，是個極活潑勇進的人，現在只落得這種結果，唉！前途茫茫，怎能不使人望而生畏！』不久蘭馨走了。露沙正要去看心悟，郵差忽送來一封信，是梓青寄的。她拆開看道：

「露沙！露沙！

你眞忍決心自戕嗎？固然世界上的人都是殘忍的，但是你要想到被造物所播弄的，不止你一個人呵，你縱不愛惜自己，也當爲那同病的人，稍留餘地！你若絕決而去，那同病者豈不更感孤零嗎？

露沙！我唯有自恨自傷，沒有能力使你減少悲懷，但是你曾應許我作你唯一的知己，那末你到極悲痛的時候，也當爲我設想，若果你竟自絕其生路，我的良心當受何種酷責？！唉露沙！在形式上，我固沒有資格來把你孤寂的生活，變熱鬧了。而在精神上，我極誠懇的求你容納我，把我火熱的心魂，伴着你蕭條空漠的心田，使她開出燦爛生趣的花，我縱因此而受任何苦楚。都不覺悔的，露沙！你應允我吧！

我到京已兩日，但事忙不能立時來會你，明天下午我一定到你家裏來，請你不要出去。別的面談，祝你快活！

梓青」

露沙看過信後，不免又傷感了一番，但覺得梓青待她十分誠懇，心裏安慰許多，第二天梓青來看她，又勸她好些話，幷拉她到公園散步，露沙十分感激他，因對梓青道：『我此後的歲月，只是爲你而生！』梓青極受感動，一方面覺得露沙引自己爲知己，是極榮幸的，但一方面想到那不如意的婚姻，又萬感叢集，明知若無這層阻礙，向露沙求婚，一定可操左劵，現在竟不能。有一次她曾向露沙微露要和她妻子離婚的意思，露沙悽然勸道：『身爲女子，已經不幸！若再被人離棄，還有生路嗎？況且因爲我的緣故，我更何心？所謂我雖不殺伯仁，伯仁由我而死，不但我自己的良心無以自容，就是你也有些過不去，……不過我們相知相諒，到這步田地，申言絕交，自然是矯情。好在我生平主張精神生活，我們雖無形式的結合，而兩心相印，已可得到不少安慰。況且我是刼後餘灰，絕無心情因結婚而委身他人，若果天不絕我們，我們能因相愛之故，在人類海裏，翻起一堆巨浪，也就足以自豪了！』梓青聽了這話，雖極相信露沙是出於眞誠，但總覺得是美中不足，仍不免時時悵惘。

過了幾個月，蔚然從上海寄來一張紅帖，說他已與某女士訂婚了，這帖子一共是兩張，一張是請她轉寄給雲青的，雲青接到帖子以後，曾作了一首詩賀蔚然道：——

『燕語鶯歌，
不是讚美春光嬌好，
是賀你們好事成功了！
祝你們前途如花之燦爛！
謝你們釋了我的重擔！』

雲青自得到蔚然訂婚消息後，轉比從前覺得安適了，每天努力讀書，閒的時候，就陪着母親談話，或教弟妹識字，一切的交遊都謝絕了，便是露沙也不常見，有時到醫院看看宗瑩的病，宗瑩病後，不但身體孱弱，精神更加萎靡，她曾對露沙說：『我病若好了，一定極力行樂，人壽幾何？並且像我這場大病，不死也是僥倖？還有什麼心和世奮鬭呢！』露沙見她這種消沉，只有悽楚，也沒什麼話可說。

過了半年宗瑩病雖好了，但已生了一個小孩子，更不能出來服務了。這時雲青全家要回南，雲青在北京教書本可不回去，但因她的弟妹都在外國求學，母親在家無人侍奉，所以她決計回去。當臨走的前一天，露沙約她在公園話別，她們到公園時才七點鐘，露沙揀了海棠蔭下的一個茶座，邀雲青坐下。這時園裏遊人稀少，晨氣清新，一個小女娃，披着滿肩柔髮，穿着一件洋式水紅色的衣服，露出兩個雪白的膝蓋，沿着荷池跑來跑去，後來蹲在草地上，採了一大堆狗尾巴草，隨身坐在碧綠的草上，低頭凝神編玩意，露沙對着她怔怔出神，雲青也仰頭向天上之行雲望着，如此靜默了好久，雲青才說：『今天蘭馨原也說來的，怎麼還不見到？』露沙說：『時候還早，再等些時大概就來了。……我們先談我們的吧！』雲青道：『我這次回去以後，不知我們什麼時候再見呢？』露沙說：『我總希望你暑假後再來！不然你一個人回到孤僻的家鄉，固然可以遠世慮，但生氣未免太消沈了！』雲青悽然道：『反正作人是消磨歲月，北京的政局如此，學校的生活也是不安定，而且世途多難，我們又不慣與人徵逐，到不如回到鄉下，還可以享一點清閒之福。閉門讀書也未嘗不是人生樂事！』她說到這里，忽然頓住，想了一想又問露沙道：『你此後的計劃怎樣？』露沙道：『我想這一年以內，大約還是不離北京，一方面仍理我教員的生涯，一方面還想念點書，一年以後若有機會，打算到瑞士走走；總而言之，我現在是赤條條無牽掛了。作得好呢，無妨繼續下去，不好呢？到無路可走的時候，碧玉宮中就是我的歸局了。』雲青聽了這話，露出很悲涼的神氣嘆道：『眞想不到人事變幻到如此地步，兩年前我們都是活潑極的小孩子，現在嫁的嫁，走的走，再想一同在海邊上遊樂，眞是作夢，現在蓮裳、玲玉、宗瑩都已有結果，我們前途茫茫，還不知如何呢？……我大約總是爲家庭犧牲了。』露沙插言道：『還不至如是吧！你縱有這心，你家人也未必容你如此；』雲青道：『那倒不成問題，只要我不點頭，他們也不能把我怎樣。』露沙道：『人生行樂罷了，也何必過於自苦！』雲青道：『我並不是自苦……不過我既已經過一番磨折，對於情愛的路途，已覺可怕，還有什麼興趣再另外作起？……昨天我到叔叔家裏，他曾勸我研究佛經，我覺得很好，將來回家鄉後，一切交遊都把她謝絕，只一心一意讀書自娛，至於外面的事，一概不願聞問。若果你們到南方的時候，有興來找我，我們便可在堤邊垂釣，月下吹簫，享受淸雅的樂趣，若有興致，作些詩歌，不求人知，只圖自娛。至於對社會的貢獻，也只看機會許我否，一時尚且不能決定。』

她們正談到這里，蘭馨來了，大家又重新入座，蘭馨說：『我今天早起有些頭昏，所以來遲！你們談些什麼？』雲青說：『反正不過說些牢騷悲抑的話。』蘭馨道：『本來世界上就沒有不牢騷的人，何怪人們愛說牢騷話！……但是我比你們更牢騷呢！你知道嗎？我昨天又和孤雲生了一大場氣。孤雲的脾氣眞可算古怪透了。幸虧是我的性子，能處處俯就她，才能維持這三年半的交誼，若是遇見露沙，恐怕早就和她絕交了！』雲青道：『你們昨天到底爲什麼事生氣呢？』蘭馨嘆道：『提起來又可笑又可氣，昨天我有一個親戚，從南邊來，我請他到館子喫飯，我就打電話邀孤雲來，因爲我這親戚和孤雲家裏也有來往，並且孤雲上次回南時也曾會過他，所以我就邀她來，誰知她在電話裏冷冷地道：「我一個人不高興跑那麼遠去。」其實她家住在東城，到西城來也並不遠，不過半點鐘就到了！——我就說：「那末我來找你一同去吧！」她也就答應了，後來我巴巴從西城跑到東城，陪她一齊來，我待她也就沒什麼對不住她了。誰知我到了她家，她仍是作出十分不耐煩的樣子說：「這怪熱的天我眞懶出去」。我說：「今天還不大熱，好在路並不十分遠，一刻就到了」。她聽了這話才和我一同走了。到了飯館，她只低頭看她的小說，問她喫什麼菜？她縐着眉頭道：「隨便你們挑吧，」那末我就挑了，喫完飯後，我們約好一齊到公園去。到了公園我們正在談笑她忽然板起臉來說：「我不耐煩在這里老坐着，我要回去，你們在這里暢談吧！」說完就立刻嚷着「洋車！洋車！洋車」我那親戚看見她這副神氣，很不好過，就說：「時候也不早了，我們一齊回去吧。」孤雲說：「不必！你們談得這麼高興，何必也回去呢？」我當時心裏十分難過，覺得很對不住我那親戚，使人家如此的難堪！……一面又覺得我眞不値！我自和她交往以來，不知陪卻多少小心！在我不過覺得朋友要好，就當全始全終……並且我的脾氣，和人好了，就不愿和人壞，她一點不肯原諒我，我想想眞是痛心！當時我不好發作，只得忍氣吞聲，把她招呼上車，別了我那親戚，回學校去，這一夜我簡直不曾睡覺，想起來就覺傷心，』她說到這里，又對露沙說：『我眞信你說的話，求人諒解是不容易的事！我爲她不知精神受多少痛楚呢！』

雲青道：『想不到孤雲竟怪僻到這步田地？』露沙道：『其實這種朋友絕交了也罷！……一個人最難堪的是強不合而爲合，你們這種的勉強維持，兩方都感苦痛，究竟何苦來？』

蘭馨沉思半天道：『我從此也要學露沙了！……不管人們怎樣麼，我只求我心之所適，再不輕易交朋友了。雲青走後可談的人除了你(向露沙說)也沒有別人；我倒要關起門來，求慰安於文字中。與人們交接，眞是苦多樂少呢？』雲青說『世事本來是如此，無論什麼事，想到究竟都是沒意思的。』

她們說到這里，看看時候已不早，因一齊到來今雨軒喫飯，飯後雲青回家收拾行裝，露沙、蘭馨和她約好了，第二天下午三點鐘車站見面，也就回去了。

雲青走後，露沙更覺得無聊，幸喜這時梓青尙在北京。到苦悶時，或者打電話約他來談，或者一同出去看電影。這時學校已放了暑假，露沙更閒了，和梓青見面的機會很多，外面好造謠言的人，就說她和梓青不久要結婚，並且說露沙的前途很危險，這話傳到露沙耳裏，十分不快，因寫一封信給梓青說：——

『梓青！

吾輩夙以坦白自勉，結果竟爲人所疑，黑白倒置，能無悵悵！其實此未始非我輩自苦，何必過尊重不負責任之人言，使彼喜含毒噴人者，得逞其技倆，弄其狡獪哉？

沙履世未久，而懷懼已深覺人心險惡，甚於蛇蝎！地球雖大竟無我輩容身之地，欲求自全，只有去此濁世同歸於極樂世界耳！！唉傷哉！

沙連日心緒惡劣，蓋人言嘖嘖受之難堪！不知梓青亦有所聞否？世途多艱，吾輩將奈何？沙怯懦勝人，何況刺激頻仍，脆弱之心房，有不堪更受驚震之憂矣！梓青其何以慰我？臨楮悽惶，不盡欲言順祝

康健！

露沙上」

梓青接到信後，除了極力安慰露沙外，亦無法制止人言，過了幾個月，梓青因友人之約，將要離開北京，但是他不願拋下露沙一個人，所以當未曾應招之前，和露沙商量了好幾次，露沙最初聽見他要走，不免覺得悵悵，當時和梓青默對至半點鐘之久，也不曾說出一句話來。後來回到家裏，獨自沉沉想了一夜，覺得若不叫梓青去，與他將來發展的機會，未免有礙，而且也對不起社會，想到這里，一種激壯之情潮湧於心，第二天梓青來，露沙對他說：「你到南邊去的事情你就決定了吧！我覺得這個機會很可以施展你生平的抱負，……至於我們暫時的分別，很算不了什麼？況

我們的愛情也當有所寄託，若徒徒相守，不但日久生厭，而且也不是我們的夙心。』梓青聽了這話，仍是猶疑不決道：『再說吧！能不去我還是不去。』露沙道：『你若不去，你就未免太不諒解我了』說着悽然欲泣，梓青這才說『我去就是了！你不要難受吧！』露沙這才轉悲爲喜，和他談些別後怎樣消遣，並約年假時梓青到北京來。他們直談到日暮才別。

雲青回家以後，曾來信告訴露沙，她近來生活十分清靜，並且已開始研究佛經了，出世之想較前更甚，將來當買田造廬於山清水秀的地方，侍奉老母，教導弟妹，十分快樂。露沙聽見這個消息，也很覺得喜慰，不過想到雲青所以能達到這種的目的，因爲她有母親，得把全副的心情，都寄託在母親的愛裏，若果也像自己這樣漂零的身世，……便怎麼樣？她想到這里，不禁又傷感起來。

有一天露沙正在書房看茶花女遺事，忽接到雲青的來信，裏頭附着一篇小說，露沙打開一看，見題目是消沈的夜，其內容是——

『只見慘綠色的光華，充滿着寂寞的小園，西北角的榕樹上，宿着啼血的杜鵑，悽悽哀鳴，樹蔭下坐着個年約二十三四的女郎，凝神仰首。那時正是暮春時節，落花亂瓣，在清光下飛舞，微風吹縐了一池的碧水那女郎沈默了半晌，忽輕輕嘆了一口氣，把身上的花瓣輕輕拂拭了，走到池旁，照見自己削瘦的容顏，不覺喫了一驚，暗暗歎道：「原來已憔悴到這步田地！」她如悲如怨，倚着池旁的樹幹出神迷忽間，彷彿看見一個似曾相識的青年，對她苦笑，似乎說：「我赤裸裸的心，已經被你拏去了，現在你竟弄了我！唉！」那女郎這時心裏一痛，睜眼一看，原來不是什麼青年，只是那兩竿翠竹，臨風搖擺罷了。

這時月色已到中天，春寒兀自威凌逼人，她便慢慢踱進屋裏去了，屋裏的月光，一樣的清涼如水，她便擁衾睡下，朦朧之間，只見一個女子，身披白絹，含笑對她招手，她便跟了去，走到一所樓房前，樓下屋窗內燈光亮極，她細看屋裏，有一個青年的女子，背燈而坐，手裏正拏着一本書，側首凝神，好像聽她旁邊坐着的男子講什麼似的，她看那男子面容極熟，就是那個瘦削身材的青年，她不免將耳頭貼在窗上細聽，只聽那男子說：「……我早應當告訴你，我和那個女子交情的始末，她行止很端莊，性情很溫和，若果不是因爲她家庭的固執，我們一定可以結婚了。……不過現在已是過去的事，我述說愛她的事實，你當不至怒我吧！」那青年說到這里，回頭望着那女子，只見那女子含笑無言……歇了半晌那女子才說：「我到不怒你向我述說愛她的事實，我只怒你爲什麼不始終愛她呢？」那青年似露着悲涼的神情說：「事實上我固然不能永遠愛她，但在我的心象裏卻始終沒有忘了她呢？……」她聽到這里，忽然想起那人，便是從前向她求婚的人，他所說女子，就是自己，自己不覺想起往事，心裏不免悽楚。因掩面悲泣，忽見剛才引她來的白衣女郎，又來叫她道：「已往的事，悲傷無益，但你要知道許多青年男女的幸福，都被這戴紫金冠的魔鬼剝奪了！你看那不是他又來了！」她忙忙向那白衣女郎手指的地方看去，果見有一個青面獠牙的惡鬼，戴着金碧輝煌的紫金冠。那金冠上有四個大字是「禮教勝利。」她看到這里，心裏一驚就醒了，原來是個夢，而自己正睡在牀上，那消沉的夜已經將要完結了，東方已經發出清白色了。

露沙看完雲青這篇小說，知道她對蔚然仍未能忘情，不禁爲她傷感，悶悶枯坐，無心讀書，後來蘭馨來了，才把這事忘懷，蘭馨告訴她年假要回南，問露沙去不去，露沙本和梓青約好，叫梓青年假北來，最近梓青有一封信說他事情太忙，一時放不下，希望露沙南來，因此露沙就答應蘭馨，和她一同南去。

到南方後，露沙回家，到父母的墳上祭掃一番，和兄妹盤桓幾天，就到蘇州看玲玉，玲玉的小家庭收拾得很好，露沙在她家裏住了一星期，後來梓青來找她，因又回到上海。

有一天下午露沙和梓青在靜安寺路一帶散步，梓青對露沙說：『我有一件事要和你商量，不知肯答應我不？』露沙說：『你先說來再商量好了。』梓青說：『我們的事業，正在發軔之始，必要每個同志集全力去作，才有成熟的希望，而我這半年試驗的結果，覺得能實心蹋地作事的時候很少，這最大的原因，就是因爲懸懷於你……所以我想，我們總得想一個解決我們根本問題的方法，然後才能談到前途的事業，』露沙聽了這話，呻吟無言，……最後只說了一句：『我們從長計議罷！』梓青也不往下說去，不久他們回去了。

過了幾個月，雲青忽接到露沙一封信道：——

『雲青！

別後音書苦稀，只緣心緒無聊，握管益增悵惘耳，前接來函，藉悉雲青鄉居清適，欣慰無狀！沙自客臘南旋，依舊愁怨日多，歡樂時少，蓋飄萍無根，正未知來日作何結局也！時晤梓青，亦鬱悒不勝，唯沙生性爽宕，明知世路險峻，前途多難，而不甘躑躅歧路，抑鬱瘦死。前與梓青計劃，竟日幸已得解決之策，今爲雲青陳之。

曩在京華，沙不曾與雲青言乎？梓青與沙之情愛，成熟已久，若環境順適，早賦于飛矣，乃終因世俗之梗，夙願莫遂！沙與梓青非不能剷除禮教之束縛，樹神聖情愛之旗幟，特人類殘苛已極，其毒燄足逼人至死！是可懼耳！

日前曾與梓青同至吾輩昔遊之地，碧浪滔滔，風響悽悽，景色猶是，而人事已非，悵望舊遊，都作雨後梨花之飄零，不禁酸淚沾襟矣！

吾輩於海濱徘徊竟日，終相得一佳地，左繞白玉之洞，右臨清溪之流，中構小屋數間，足爲吾輩退休之所，目下已備價購妥，只待鳩工造廬，建成之日，卽吾輩努力事業之始。以年來國事蜩螗，固爲有心人所同悲，但吾輩則志不在斯，唯欲於此中留一愛情之紀念品，以慰此乾枯之人生，如果克成，當攜手言旋，同逍遙於海濱精廬，如終失敗，則於月光臨照之夜，同赴碧流，隨三閭大夫遊耳。今行有期矣，悠悠之命運，誠難預期，設吾輩卒不歸，則當留此廬以饗故人中之失意者。

宗瑩、玲玉、蓮裳諸友，不另作書，幸雲青爲我達之。此牘或卽沙之絕筆，蓋事若不成，沙亦無心更勞楮墨以傷子之心也！臨書悽楚，不知所云，諸維珍重不宣！

露沙書』

雲青接到信後，不知是悲是愁，但覺世界上事情的結局，都極慘淡，那眼淚便不禁奪眶而出。當時就把露沙的信，抄了三份，寄給玲玉、宗瑩、蓮裳，過了一年，玲玉邀雲青到西湖避暑。秋天的時候，她們便繞道，到從前舊遊的海濱，果然看見有一所很精緻的房子，門額上寫着『海濱故人』四個字，不禁觸景傷情，想起露沙已一年不通音信了，到底也不知道是成是敗，屋邇人遠，徒深馳想，若果竟不歸來，留下這所房子，任人憑弔，也就太覺多事了！

她們在屋前屋後，徘徊了半天，直到海上雲霧罩滿天空，星光閃爍，才灑淚而歸，臨去的一霎，雲青兀自嘆道：『海濱故人！也不知何時才賦歸來呵！』

醫生左手插着腰，右手輕輕敲着右邊的胯骨，對病人表示一種悲憫的同情，微蹙着眉峯，看護婦遞過寒暑表，放在病人的舌下，約四五分鐘纔又從嘴裏拿出來，對着窗子望了一望道：『熱度仍和昨晚一樣，』醫生點了點頭，安慰病人道：『多睡覺，不要用心思就好了！』病人嬾嬾地點了一點頭，醫生便發出慈母般微笑，輕輕摸了摸病人的頭，說了一聲再會，跟着病房的門開了，醫生就出去了。

這時候夜景幽寂，從窗子裏射進灰白色的月光來，照得這病房，彷彿囚牢的慘厲可怕。看護婦在一張蓬布椅子上，已沉沉入夢了。病人怕燈光，電燈早就熄了。這房裏竟露出可怕的幽冷，街上的更夫已打三更了。病人的心臟急劇烈的跳着，睡魔永不敢近她，她只睜着眼，努力向那沒有月光的暗陬凝望，那眼神的銳利，好像可穿鬼物的肝膽似的，如此半點鐘以後，她實在不支了。無力的閉上兩眼，迷濛中忽見一個魁偉的少年，站在她的牀前，彷彿很傷心她病到這般地步，搖着頭，深鬱的噓了一口氣，那陰森只像荒坵上的鬼風，病人很驚嚇的對他望着。呀！他頭上帶着白布藍綠的水手帽子，身上也是白布藍綠的水手衣服，她禁不住抖戰着垂淚了。那少年水手兩腿漸漸軟了，戰慄着跪在她的牀前，伏在她的胸上嗚咽着。她覺得如火般熱的眼淚，都浸入她心窩裏去了。她無力的噓了一口氣，用手撫着那水手，她想起認識這水手的事情來了。

在一年夏天的早晨，天上一片雲彩也沒有，只在天水連接的地方有一道灰色而帶藍的帶子，橫在那里，海邊上只有一隻海艦停着。住在海邊上的孩子，赤着脚爬下沙灘去，什麼尖的螺，圓的貝殼，捧滿了兩手。她那時正在捉一個活的小螃蟹，不提防滑了脚，滾到海裏去，那浪花發怒般湧起來，她只覺鼻管辛辣，水往嘴裏直灌，便迷昏不省人事了。

過了不知多少時候，她睜開眼一看，只是一個青年的水手，站在她的面前，見她恢復了知覺，微笑着遞過一杯糖水，慢慢扶着她的頭灌下去，她覺得更清醒些，又睜開眼往四面望望，只見自己臥的地方，是一間洋式小房屋，很使她注意的，便是這小洋屋掛着五六個白色的救命圈，她懷疑着想，不知究竟是什麼地方，那水手彷彿已明白她的意思，因微笑道：『小姑娘好險呵！不是我正扶着欄杆看風景，你一定要被浪頭捲去了。……你願意知道這是什麼地方嗎？……這就是停在海邊的軍艦，你家住在那里，我可以送你回去。」她這時已坐了起來，對着那水手，很親暱的微笑着，投在他溫暖的懷裏說：「我要回去。」水手點點頭，領着她下了艦，沿着沙灘走了一里多路，她已看見家門，只見母親正擦着眼淚，彷彿等什麼消息呢，她便撇了那水手，急急飛奔她母親去了。水手遠遠站着，等那母子都進去了，他才唱着凱歌回艦去。

在這件事發生兩天以後，她的父親到那軍艦謝那水手，那軍艦已開得無影無蹤了，那老人只望着海，如默祝海神保佑這可愛的青年。

後來這一隻海艦雖然又開到這地方兩次，但那個水手卻沒有同來，她一家的人都覺得很失望，這樣可愛的青年，竟不能再看見第二次，並且不能對他表示一家人感激他的意思。

過了八九年，她已經二十歲了，那時她中學校已經畢業，她的故鄉教育很不發達，因和母親商議，到都會的地方求學去。臨離家的頭一天下午，她和幾個同學，仍到幼年的樂園，海邊，作最後的親暱，這時正是黃昏，海霧受太陽的渲染，幻成紫的、紅的、青的種種色彩——不很明顯的混合色，彷彿閃光的輕紗罩子，罩在碧澄澄的海面上，西方的紅霞又把海水染成紫的、淡紅的各種顏色，在天水交接的地道，橫着一道五色的絨氈。她正在留意看海景時，忽見沙灘的東邊，有一個三十多歲的男子，穿着一身海軍的軍服，兩手插着褲袋口脣噓噓作響，兩目望着天空，彷彿在迴憶從前的往事般，有時在那沈靜裏，微露着笑容，好像陰雲幕裏的輕淡的陽光。她覺得這軍人有些眼熟，不住用眼神打量他，但是記不起來了。這竟究是在什麼地方看見過的呢？

她的同伴，同她談海上冒險的故事，漁船遇着巨大的鱷魚傾覆了，漁人捉住一隻木排，漂泊到一個沒人跡的島上，虎豹怎樣兇惡，毒蛇怎樣傷人，她的同伴述說着，彷彿像曾親眼見過似的。她從這些有趣的故事裏，忽然想起她遇險的一段故事，於是她告訴她們說：『我告訴你們落水的故事吧！虧了那少年水手！』她的同伴都圍攏說：『大一點聲音』她高聲述說了。大家聽了都現出驚怕的神情說：『呵！好危險呵！』

她這時忽然低下頭，彷彿受了意外的刺激似的，不時偸眼向沙灘東邊看，大家也不知不覺都回過頭，只見那中年的軍人，向這邊看着微笑，這些女孩子便如觸了電般，狐疑着，不知這微笑裏頭，定伏着什麼不測的事，有一個膽小的便說：『我們快走吧！那一定是個壞人，』大家被她一提醒都覺得眞正可怕，便忙忙往回走，只見那軍人仍舊望着她們微笑。她們更覺得心虛，彷彿後面那少年拿着利刃追來了。便忙忙往家裏飛奔。

第二天她正在擁擠的票房門口等買車票，只見人叢裏走出那個中年的軍人來，她止不住心頭狂跳，緊依着她父親的肘下，不敢動彈，面上的紅色都淡了。後來她父親因爲替她拿行李票走開了。她獨自站在票房門口，戰慄着，低頭不敢望四面看，忽覺背後有人說話的聲音道：『姑娘！記得前九年救你命的人嗎？』她聽了這句話，這才明白原來就是那個水手呵！因放下了心，望着那水手說：『先生爲什麼早不說，我們一家人都極望見先生一面呢……好！我父親來了，他老人家更是時時不忘先生的一個人。』她父親見她和一個男人說話，很驚怪的看着她。她只微笑說：『爹爹！這位先生便是救兒命的那個水手，』這老人才明白，歡呼道：『呵！眞是有幸，先生救了小女之後，老夫曾到海邊去訪先生，可惜軍艦已開走了。但老夫沒一天不在記念先生，等送小女上車後，請先生同老夫喫杯茶去。』

這時火車已到了，客人紛紛趕上車去，那軍人和她的父親一齊送她上了火車，不久開車的鈴響了。火車頭便蠕蠕動起來，越動越快，霎時間便離開故鄉的城市了。

她到了北京以後，不久便進了學堂，她的臉上時時含着愉快的微笑，同學們都和她很親厚，都覺得她是個幸運兒，忘憂草，她常喜歡帶着嬌憨的滑稽惹同學發笑，學堂裏的同學，無論誰提到她，都立刻感覺着自然的美。

有一天正是星期六，同學們多一半都回家去了，她因爲北京沒有親戚，所以只住在學校裏，這時天氣已有四點鐘了，她從浴室裏抱着一包換下來的衣服，一壁唱着，一壁往洗衣服的地方去，頂頭遇見那個有麻子的校役，拿着一張名片道：『小姐！有人找。』她覺得很奇怪，不禁『喲』了一聲道：『誰來找我呵？』因伸手接過片子來，只見上頭寫着『海軍部副官趙海能。』她更懷疑了，心想我向來不認識這個人呵！因向那校役道：『到底是怎樣一個人呵？』校役說：『很高大的身材，四方臉，有兩撇八字鬍子』她聽了自言自語道：『高大身材，四方臉，八字鬍子，莫非是那個救我命的水手嗎？』想到這里，便回頭對那校役說：『好吧！你先去，我就來，』她忙把衣服放在寢室裏，對着鏡把頭髮攏了攏，匆匆走到會客室，已經有許多人在那里會同學們，她慌忙向四面望丁望，只見靠門坐着那個趙海能迎了出來，很恭敬鞠了一個躬。她這時彷彿作夢似的，也不知和他說什麼，稍談幾句，趙海能便走了，她只記得一句是：『有機會還要來談。』

她會過趙海能以後，仍舊照常活潑作她的事去。

她們學校的旁邊，有一所花園，她每逢放假時，常常獨自到那園裏，坐在花蔭下看書。倦了便放下書，倒在假山石背後，靜靜嗅着草際的幽香，聽草蟲奏着細妙的音樂，有時仰頭看着天上變幻的行雲，有時像魚鱗般閃爍着，有時像輕紗般飄拂着。她彷彿作夢似的，想像天宮的白玉雕欄，和低眉淺笑的天使，有時忽覺天上的雲異樣的深碧，兒時久遊的海景，一一湧現出來，那少年的水手——中年的海軍部副官很明顯印在她的腦裏，游泳在她似夢非夢的眼前。

她不知上帝何時設下陷阱了！她感激救命的趙海能，常常流下熱情的淚來，她看過從前的小說，對於有恩的男子，應該犧牲身心報答他。但她似乎知道趙海能已經不是獨身的男人，她想要報趙海能救命的機會很少了。時時悵惘着，發出無可奈何的長歎。

有一次上心理學，她很留心的聽講教員說：『女子富於情感，對於待她有恩情的人，時時不忘，根據這種心理青年向少女求歡愛時，只有一個方法，表示對於少女極熱誠，彷彿一切都可爲她犧牲，縱使失敗一百次，也不要灰心，終久必成功。』同班的同學聽了都彼此互視着微笑，只有她臉上漸漸失了紅潤，頭俯下去，倘若沒有書桌擋着，恐怕直要低到膝上了，而且眼淚如泉水般的湧了出來，同學們很詫異，課堂裏立刻靜止，彼此面面相覷。便是那教員也縐着眉，默然無言，彷彿其中伏着極不測的動機，覺得再講下去很不方便，因提早下堂了。

教員才走出講堂的門口，同學們都一擁而前，將她圍住，詰問和勸慰的聲音，雜亂成一片。她只伏在書案上，兩肩不停的聳動，喉裏不住的哽咽，始終探不出個究竟。同學們都懷疑着，漸漸走開了。有兩三個聚在迴廊底下，低聲猜想着，其中有一個同學說：『她必是上了誰的當吧』？……『誰知道呢？』另一個同學插嘴說：『我覺得她近來的情形很不對，總是鎖着眉峯，彷彿內心蘊藏無限的秘密似的。……唉！現在的社會，眞好像荊棘的荒園了，只要一分不留心，便要被銳利的棘針刺破了……尤其是我們女子，倒霉，心又軟，情又熱，只要男子在她面前落過一顆眼淚，無論什麽便都被蒙蔽過去了……』

種種的議論，接二連三的鼓蕩在空氣中，有時候一兩句傳到她的耳朵裏，便變成有毒質的針，使她身心都感到痛楚和痲醉。

直到她病倒牀上，當夜月幽淡的時候，她回想着，兀自心痛。她用手緊緊握着那水手的手，極用力的『唷』的一聲。忽然打了一個寒戰，睁眼一看，她全身如焚般燒起來，削瘦而灰敗的兩頰上，漸漸轉成胭脂般的紅潤，失神的眼球略略轉了一轉，那眼皮又慢慢垂下來了。

這時冷靜的夜已過，那綠色的窗幔，閃着微紫色的朝旭。看護婦推門進來，手裏端着一碗鮮而且白的牛乳，那熱氣如煙霧似的一縷縷都從杯裏湧了出來。

看護婦右手端着茶盤，左手伸在背後，扭那門上的機關，一壁對着牀前站着的少年點頭說：

『先生早呵！』

這聲浪把她從半夢裏驚醒，細看那少年，原來並不是水手，他穿着灰色布的長袍，覆額的頭髮很自然的鬆散着，彷彿很美麗的遮陽般。極活潑的眼神，表示他青年之美，他這時含愁站在病人的面前，很憐惜的替病人整着散亂枕旁的柔髮，看見病人已睁開倦眼，用極柔和的低聲問道：

『今天覺得好些嗎？』病人這時只微微搖了一搖頭，依舊把眼閉上，他很傷心的噓了一口氣，目不轉睛對病人望着覺得上帝太不仁了，爲什麽使這脆弱的玫瑰花，受病魔的作踐呢？不然這種好天氣，和她併肩坐在公園的松林裏，聽早晨的雲雀，嬌婉的唱歌，看蓮苞的露珠，向朝旭爭閃，有時她含羞向着自己微笑，呵！這多麽使人醺醉！

『哎喲』病人又發出苦痛的呻吟了，他便立刻被驅出於幸福的花園，深鎖着愁悶的海，將他全個蓋沒了。他坐在她的身旁，握着她久病枯瘦的手，含着淚的微笑，安慰她說：『不想病的苦痛吧？只想你沒病之先，我們許多幸福的光陰，……你記得有一次我們喂猿子花生，你笑得彎了腰，這些要多有趣呵！你病好我們還要尋更美妙的樂趣去，你不是最愛聽海裏的風，吹在松枝上，發出悲壯的松濤的聲音嗎？……只要你能出了醫院，我們便有快樂日子過了。』這少年極力安慰着她，想盡了種種方法，甚至祈禱上帝，再給他些智慧，使他把他的愛人從愁苦的海裏救出來，便使犧牲了一切，他也絕不埋怨的。

看護婦將牛奶端到牀前說：『小姐！喫吧！已經不很熱了！』那少年連忙從看護婦手裏接過

來。顧不得看護婦很冷淡的微笑，他用羹匙一瓢瓢往病人的嘴裏送着，只要病人嚥下一匙，他心頭便開一朵美麗的欣悅的花，但病人只嚥了三口，便搖頭不肯喫了。他這時想二十幾歲的少女，只喫得三匙牛奶便夠了嗎？他忘了那病人已經搖頭拒絕這牛奶，他依舊用匙很小心的舀着，送到她淡紅而帶淺灰的脣邊，病人不耐煩的哼了一聲，把頭側到裏邊去了。少年很失望的放下匙子，獨坐着凝想，心頭幾次發酸，幸沒有落下淚來。這不能不感謝事故很深的看護婦了。

太陽驕傲着走他的路，對於人間的歡迎與憎厭，他都不理會。他不注意那些怕分離的青年男女，而為他們稍停留，而且那些青年男女，覺得他們需要太陽照臨的時候，太陽跑得更要快些。

病人牀前坐着的少年，看見病人似乎睡着了，他輕輕走開，到門外換一換空氣，當他擡頭，看見西方一帶柳樹梢上，滿都染着金黃色時，他不覺得喫了一驚，什麼時候跑馬的太陽已走到這裏了。照規矩醫院六點鐘便不許外人停留了，他看一看手上的錶，只差五分，便需離開這地方了。他又走進病房裏，病人已醒，望了望他道：『你沒走嗎？……』他說：『還早還早。』但他那不自然的微笑，已令病人不能堅信他的話。

門外頭一陣脚步聲，醫生來看病人了。看護婦拿着寒暑表，推門進來說：『先生到關門的時候了，』他彷彿罪人聽了最後的判決，只得絕望走了。看護婦送他出了門，依舊淡然微笑着。

三個星期以後，這病房裏已另換了一個病人了。她搬到學校的休養室住下，同學們聽見了這消息，都抱着欣悅的同情，到她那里看望她。這修養室在操場後面，另外一個小花園裏，窗前有幾株美人蕉，正開着金紅色的花，在朝露未乾時，從那花下過，可以嗅到一種淸徵的幽香，蕉葉像孔雀美麗的尾，翠碧上有許多金星，那正是露珠兒在朝陽下閃爍的時候了。

滿屋子的光線都異常輕柔，淡綠像湖心的水色。窗上都幔着葡萄葉色的輕紗，楊柳的柔條，美妙的飄射在上面。她披着玫瑰色的大衣，靜默的坐在靠窗的大沙發上，在左手這一邊放着一封信。眼前遊泳着可怕的惡夢。

不能忘的水手——中年的副官，魁偉的身幹，直立着彷彿一根石柱。他只要輕輕一動，就可使無數的人頭破血流。記得他曾述說他攻打敵人時的猛鷙，一個鎗子打進對面敵人的左眼，那眼珠網着血絲——赤紅像火般，滾了出來，他絕不動心，接續第二鎗第三鎗一直開下去，彷彿小孩子看放花一樣有趣，紅光——血和火焰都混合成為一片，他只覺活躍好看——唉！勇敢的軍人多麼可怕的活劇，他只要一樣把這不情的活劇，從新演一遍，不消兩個鎗子，什麼都完了。

他驚懼仰起頭來，只見綠紗窗上，染上幾道淡紫的波紋，在那波紋低下彷彿有一個人影，於是她開始問道：

『門外是誰？』

『松文姊姊！你起來了吧！』

『起來了！你是彬彩嗎？……進來坐坐』她說着，開了房門，只見彬彩笑嘻嘻走了進來，對她臉上望了望說：『怎麼今天臉色又不好啦！昨晚好睡嗎？』

她驚懼而羞澀的應道：『怎麼？……不至於吧，』因拿起桌上的小鏡子，細細照了一照，又用手在兩頰上搓了一搓道：『想是天氣比較涼了，我病後禁不住，臉色所以更蒼白了。』

『這也不要緊，你不要憂懼吧！只要暢放胸襟，復原自然就容易了。』彬彩撫摩着松文的肩，很誠摯的安慰她。她只搖搖頭歎了一口氣說：『像我這種不幸！……死了倒也乾淨！』

『爲什麼總要往這一條路上走，死也沒這麼容易呢？』彬彩很感慨的說着。

她把沙發上的圍巾拿起來，那封信掉在地下了。『呀！他又來信了嗎？你也太不乾脆了！像這樣藤蔓似的將牽到什麼時候才了呵！』她面色漸漸紅了，好像火般的燃燒着頭俯下來緊緊靠着胸口，淚和露珠般滾過兩額又流到衣襟上了！

『唉！』彬彩的顏色蒼白了，但她除了這一聲『唉！』沒有更多的話了。這美麗的晨光，被弱者的淚浸得愔淡了。窗紗上的紅色波紋，變成素湍的清流了。滿屋裏沈寂着，像死神將要來臨的森陰可怕。一隻青白色的面孔，四隻凝着淚光的眼睛，彷彿在神的蓮座前，待最後的判決般不安和憂鬱。

後來彬彩慢慢恢復了她爲憂傷而錯亂的神經。用絹帕拭乾了眼角的淚痕。從地下檢起那封信來說：『我能看一看嗎？』松文只點了一點頭，仍不住的流淚。

彬彩用發抖的手——彷彿已聽見強者的鎗在封套裏跳躍了——輕輕從那封口裏抽出

信來，眼前頓覺一亮，一個火熱的十字在那信尾，明明白白的畫着。彷彿經過知縣老爺批行的文書，只要一公佈出去，罪人便沒有希望了。彬彩極力鎮定着，把那信箋展開，但連信箋都一同的發着抖。她對着空氣深深的吸了一口，似乎胸口的壓迫鬆了些。於是才看見信上所寫的東西：

『松文：我是軍人，我是不知道明天的生命的人，我的感情是像海裏的波濤一樣的，當我聽見指揮官的號令：『前進！』我全身便燃燒在火熱的情感裏，這時不打得敵人的眼球滾了出來，我手上的鎗絕不向下鬆一鬆。但事情過了，我睡在野外的帳幕裏，偶爾看見頭頂上的青天，和淡白色的月光，我也會想起我白天的動作很可笑，而且危險，這時我感情的潮落下去了。但是沒有用處，這已經是過去的事了。

這一段故事彷彿是題外旁枝，但你若懂得，就可以免了許多的麻煩！

我熱烈的感情，能像溫柔的綢帶纏着你，使你如醉般的睡在我的臂上，但你若背過臉去，和另一個少年送你的眼波，我也能使這溫柔的綢帶變成猛鷙的毒蛇，將你如困羊般送了命。

你或者要祈禱上帝，使可怕的戰事——無論爲什麽而戰，只要將我因此送了命，你便可以很自由了，這一層我不能禁止你，而且眞到這時候，我看不見，聽不見了。我也不願再管了。只是我活的時候，我絕不能使曾經和我接近的人，更和別人演一樣的劇。

我救你的命，我並不曾想你報答，但你既很慷慨的願意以身報我，那就不能再由你的意了。

趙海能十

彬彩看完這字字含刺的信，哀惘的同情，染着憤激的色彩，責備松文說：『你爲什麼不想一想！』松文又羞又傷心，將頭埋在手裏，猛烈的熱情，逼着她放聲痛哭了。

彬彩看着這可憐的弱者，也禁不住落了許多同情的淚。

在她們哭得傷心的時候，日色越變越陰沉，一陣陣涼風吹得芭蕉葉刷刷價響，立刻便有暴雨要來似的。

彬彩看看手上的錶，已到正午了。因說道：『你一早還不曾喫東西，我們一同到食堂喫碗麵吧！』她搖頭道：『你自己去喫吧！我一些不餓。』說着那雨點已漸漸滴了下來，彬彩說：『我不能再躭擱了。你現在不去喫也好，等雨晴了我叫人給你送來吧！』說着開開門急急的走了。

彬彩走到食堂裏同學們都早已在那里坐好了。她檢了靠窗子的那位子坐下。大家糟糟雜雜談話，彬彩並不注意她們只顧低着頭喫，忽聽靠她左邊坐着的那個同學說：『彬彩！你的好朋友松文病好了嗎？』彬彩說：『還沒十分好！』另有兩個同學正看着，露出很鄙薄的冷笑，含着諷刺的語調說：『松文病得眞奇怪？』『哼！什麼怪事沒有啊？這才給婦女解放露臉呢？』彬彩聽她們的話頭，簡直是罵松文，自己也不好插嘴，只裝沒聽見，忙忙喫了，放下筷子就走。她們看了她這不安的神氣，等她才轉過臉去便發出使她難堪的冷笑，彷彿素日和松文過不去的宿仇，這一笑便都報復了。

彬彩裝着一肚子牢騷，來到洗臉房裏洗臉，當她拿着臉布在臉上擦的時候，憤怒和不平的情感，使得她的眼淚和臉盆裏的水相合了。她想：『人們最殘忍，對於人家的錯總不肯放過一分一釐，松文當日待她們也不薄，何至於這樣的蹧踐她呢？人們只是自利的蟲呵！這世界究竟有什麼可寶貴的東西？』彬彩越想越傷心，終至於把眼睛都擦紅了。

同學們走過她的面前，只是冷然的，似乎有些驚異的微笑着。

松文的病，爲聽見同學們的閒言，又加重了。這時除了彬彩對她仍和從前一樣的誠摯，其餘的都極隔膜，有時因爲到操場去，從她的門口過，也只對着她的門窗，露着鄙薄的冷笑，她們給她起了一個綽號叫『害羣之馬。』從此她們說到她，只以『害羣之馬』爲影射之辭。

有一天正是學校紀念日，同學們演新劇，彬彩約着松文到演劇場，打算使她開開心，病也可以好得快。她們到那里，只賸東邊犄角有兩個空位子，彬彩坐在外邊，松文坐在裏邊。這時趣劇已開幕了，演醉漢的笑史，只見那醉漢踉踉蹌蹌在臺上亂撞，把一個賣豆腐的擔子撞倒了，弄了滿臉滿身的豆腐，好像雪地裏鑽出來的一隻笨豬，看客都鬨堂大笑，松文也覺得這是病後頭一次開心了。

趣劇演過，接着演正劇——心獄——，是一個青年從外國回來，留在他姑母家裏，他姑媽沒有子女，抱了一個養女，這時已經十八歲了，出脫得和含露的薔薇般，十分豔麗。這少年因色動情，引誘這少女和他發生關係。那少年不久就回家去了。這少女不幸有了孕，被家人發見，把她趕了出去，淪落得將成乞丐了，而那少年早把這件事忘了。當這少女正抱着小孩跪在戲臺上，悽聲的哀求上帝的憐憫的時候，看的人有的發出同情的悲歎來。而在東邊犄角上，忽砰的一聲，彷彿什麼沈重的東西倒了，會場的秩序立刻亂起來。

『誰摔倒了？』

『松文！松文！』

『快請學監去？』

鬧嚷中那個高身材的學監先生，慌張着來了，叫女僕將她連扶代擡弄到休養室去，一直過了半點鐘，會場的秩序才漸恢復了。

松文兩眼緊閉，臉色和紙般的慘白，嘴唇發紫，一聲不響的睡在牀上，彬彩用急迫的聲調，抖戰着呼喚，有經驗的女僕，用力掐她的人中。過了半天，松文才迴過氣來，『呀』的一聲哭了！彬彩含着淚說：『這是何苦呢？』

女僕忙着灌糖水，揉心口，直到松文嘴唇有了紅色，大家才慢慢散了，彬彩在對面牀上陪伴她，夜裏偶然醒了，還聽見松文深鬱的悲歎，彷彿荒原裏淪落的小羊。

從那天晚上起，學校裏的人們對松文的議論，又如潮水般澎漲起來。彬彩把休養室的門關得緊緊的，唯恐不情的嘲笑傳到她的耳朵裏，增加她的病。

人們無情的嘲笑，漸漸好些了，因爲她們的嘴已經爲這議論疲倦了，她們的耳朵也爲聽這議論疲倦了。松文的病也漸漸好起來。

在松文病裹，那個活潑的少年，擔了不少的心，背着人流了許多的淚。但學校裏他不方便來，並且松文又屢次阻止他來。他每次走到學校裏的門口徘徊了許多時候，但依舊照樣回去了。

現在聽說松文已經能出來，他才從愁苦的海裏逃了出來，這一天氣候很溫暖，梨花靜默的睡在太陽的懷裏，怯弱的蘭蕙，也亭亭直立在白石的欄杆邊，透着醉人的清香，松文無力的倚着雕欄坐着，那少年站在旁邊，握着她瘦弱的手，低聲道：『比從前又瘦許多，怎麽好？』很誠摯的情感的表示，松文驚得縮回手來，少年似乎不解的對她望着。緊咬着嘴唇，雖然沒說出一句話來，而他心弦的緊張，更比說什麽表現得清楚。

夜來香的密葉下，飛出一隻小麻雀來，彷彿嘲笑似的，從他們頭頂上飛過去。梨花的瓣如蝴蝶般，隨着微風飄落在她的衣襟上，她含淚拾起梨花，用手撫摩着，似乎說：『你的零落憔悴正和坐在你底下可憐的女子一樣呵！……但你還有我憐你……』她的淚滴在梨花碎瓣上，染成淡紅色的斑痕。那少年說：『這是人間最不值得理會的東西，不過一片零落的花瓣，何必用你寶貴的淚去染她呢？』她抖戰着，重覆那少年的話說：『不過一片零落的花瓣！』

少年覺得他們這一次的聚會，沒有多少吉兆。快快的送她到了學校的門口，便獨自回家了。他到了家裏，回憶着日間事，他覺女子們的心情，眞是過分的易受感動，不值什麼的一片落花，也會使得她們流淚。

這一天夜裏，松文等彬彩睡着了，她又坐起來，擁着溫暖的棉被，細細的思量，她覺得那少年對她十分的眞摯，或者能原諒她一時的錯，而終身包涵她……但她一轉念間，又覺得自己的測度靠不住，倘若他放下臉說：『我純摯的愛情，只能贈給那潔白如玉的女子，不能給你……』或者他勉強容忍了，當時不使我太難堪，但漸漸和我疎遠了，甚至於在街上遇見我的時候，竟彷彿不認識，這都足使我失卻生活的勇氣呵！

我不告訴他吧！人生朝露，像我這種身體更不知什麼時候就結束了，何苦不盡力在生前享樂呢？……享樂！！唉不能絕不能！！良心之不安比凌遲處死的罪還難受呢。並且沒有同情的人類，專好攻人家的過處的人類，我縱不說，他也未必終久不知道，那時候豈不更多了一層欺騙的罪嗎？

他彷彿很眞誠或者他能看愛的面上饒恕我一切可憐我易受騙的小羔羊，用他丈夫的大度，來包容我。……

但是他向來很膽小，爲了那強兇的趙海能他或者要遮着耳朶急急躲開了，那我豈不是一樣的淪落。

眞的，我沒認識他以前，我沒到愛的花園裏邊去過。沒理會過紫羅蘭的香氣，是很精妙的。趙海能三十九歲的副官，我爲感他救命的熱情，不幸一時走錯了一步但絕不會因此開很精美的愛的花。而且這又不能和太陽一樣的光冕堂皇，只像躲在牆縫裏的水牛，如何的齷齪和束縛呵！

幾千根沒有頭緒亂蔴般的思想，將他縈繞得頭目發暈。

夜已深沉了，星光很愔淡，彷彿醉人朦朧的眼。細小的風，從玻璃縫裏悄悄鑽了進來，吹在她的散髮上，根根便如青色的飄帶般舞動，犬兒遙遙的吠着，打斷她的思路，她實在疲倦得不支了，放好了枕頭，將身上披着的衣服拿了下來，慢慢鑽進被筒裏去。數着壁上的鐘擺一二三四五六……不知數了多少，她才走到短期的安息國去。

當松文披衣深思的時候，同時離她十里路左右，有一所公寓，最後進的一所房子，兀閃爍着燈光，在燈光底下，坐着一個少年，正用金色的筆頭，蘸着紫羅蘭的墨水，往一張很美麗的信箋上寫道：

『松文！我爲你的荏弱，幾次心都裂了！他看見蘭花，支着纖細的幹兒在夜風裏搖擺着，我便心慌的張開我的兩臂，遮着那無情的風說：「風呵！你留一些情吧！她禁不起你的摧殘喲！」松文！我或者有些過慮。但我看見你削瘦淡白的兩頰，我無論什麼時候都在抖戰着……』

他寫到這里，似乎有些停頓了，他放下筆，拿起桌上的香煙，不住的吸着，滿屋子都漫了煙霧。過了不知多少時候，煙霧散淨了，他舉起兩手，伸了伸腰，打了一個呵欠，回頭看了壁上的鐘，已經兩點了。於是將這不曾寫完的情書，鄭重收起來，安然的睡下。

兩星期以後，他打算到南邊去省親，便約松文在公園裏話別，這一天天氣比較得熱，並且一點風都沒有，在那河邊的柳條靜靜的動也不動，那路旁的蝴蝶蘭，也默默無語，對着那炎熱的驕陽，彷彿乞憐似的低垂着弱莖。河池裏的水平如鏡，映着兩岸的倒影。水亭子的紅柱，一根根逼眞的印在水裏，有時波底的游魚，徵逐着捉那赤色的小蟲時，水上便起了漩紋。

那少年坐在水邊的懸崖上，兩隻脚踏在一根老松根上，在懸崖旁邊，長着許多碧綠的爬山虎，和赤紅的馬櫻花，那馬櫻樹的葉子，正像一把傘般，遮着那炙人的陽光。這時松文還不曾來，他不很焦急，因爲他正思量着，用什麼安慰她，使她覺得這暫時的小別，不算什麼。他第一層想到了，他今天對她不說一句惜別的話，他更要極力作出這是一件很平常的事，或者還是一件很快壯的事。但他不知怎麼，想到留下她很孤零的在北京，心弦便禁不住要緊漲了，他向無雲的碧藍天空，深深吸了一口氣，彷彿覺得鬆快些。他無意的回過頭去，神經像受了電流，不覺『呀』了一聲，因爲在他的背後，正是他的愛神，含笑的站在那里。

『你想什麼？竟如此入神？』松文含笑的對他詰問。

『我只打算你從這一條路來，正在盼望你不想你到那邊繞過來，躲在我的背後，使我不期的嚇了一跳。』

松文不再說什麼，只揀了一塊平的山石，用手巾墊着坐下了。他也不知要說什麼才適當，也躊躇着一語不發。他們默對了半天，只是他們的眼神，都一時不會緘默，惜別和悵惘的情緒，都儘量的傳達了。

『哦！你要走嗎？』松文突然問着那少年。

『打算明後天走，你覺得怎麼樣？』他用猶豫的目光望着松文，彷彿只有她一句話才可以決定他的行止。

『你既決定走，還有什麼好不好呢？』她含着深微的幽怨，和失望的情緒，使他堅定就走的心搖動了。

『倘若可以不走，我……』

『走也好，在北京也很無聊，』她不等他的話完便插入這麼一句，打斷他的下文了。

他似乎有些不高興了，臉色微露蒼白兩目失了靈轉的力只凝注在沒有一點好看的白牆上。

『你怎麼不說話了？』她又故意的問他。他覺得更傷心了，眼圈彷彿紅着，她這才不忍再戲弄他了，用極溫摯的態度向他道：『你能不去，我當然希望你不去，因爲我現在也很孤零。想到你路上的淒寂，更不舒服……可是你的家裏有要緊事，你又不能不去，只望早點回來……』她說到這里，覺得不能再這麼一直說下去。恐怕自己先制不住自己的眼淚，因換了方面說：『你到南邊把好的風景片給我寄幾張來。』他聽了這話，立刻活潑起來，因問她要那一樣的，要多少，說個不休。兩人都把惜別的情緒宕開了，好像一陣的大風，吹散天空的浮雲。

這時候暮色很深了，遊人依舊很多。他們便離了這水涯，在松林下併肩慢步着。

新月如眉般的，印在蔚藍的天上。疏星似棋般排列着，從高茂的樹林中，露出幾道的白光，照在馬路上，葉影如畫。他們踏着這美麗的影子，互視着傳他們密緻的心波。他們無言，但他們彼此聽得見彼此的心聲，深深沉醉在清淡悄默的月光和星輝之下了。

第二天早晨，松文叫人送了一封信給那少年。這信共有兩層封套，裏邊的那封信，用紅漆鎖着信口，在信封的背後註道：『這封信請你在車到天津時，再拆看。千萬！千萬！』

那少年似乎不可耐，他焦急着縐緊眉頭。『到天津再看，爲什麼呢？』他自己問着自己，但他終久只在雲霧裏罩着。幾次要待不遵她的囑咐，但當他用手動那封口的紅漆時，總要不安的頓住了。

在車上三點多鐘的時間，在他急迫的心看起來，至少三年了。車到天津的時候已經七點了，但日色還很明亮，他靠着窗子，把信拆看了。不知不覺他的心弦又緊漲起來。他看那封信上說，他的愛神已不是含苞未放的花了，他懷疑着想，這大約是夢吧！世界上那有這種可驚異的事呢？她嬌羞默默，誰說她不是處女的美呢……竟有這種的事嗎？……趙海能可鄙的武夫，他也配親近她嗎？那眞是含露的百合，遭了毒蜂的刼了！他如廻文般織着不斷的思網，有時覺得心火着了，烈炎燒了全身，使他焦灼。有時彷彿失足到封鎖着的冰窟裏去，心身都冷得戰慄了……他想割棄了吧！但是她的印象太深了，總有些不可能。不割棄呢？我奪了別人的所愛，良心的酷責，不能輕恕，或者敵人用他那身上的刺刀對付我。這未免太冤枉了！

衝突的兩念亘在他的胸中，直到他回家那一天，他父親含着淚對他說：『我的身體一天差似一天，不知道還有幾個月的命了。你年紀也大了，我若能看見你在我嚥氣之先，辦了你的喜事，我死也瞑目了⋯⋯我這次叫你回家就爲這事，因爲怕你受了外頭那些新思潮，不肯回來，所以我只告你我病重了⋯⋯現在你的意思怎麼樣？』

他這時漸把對松文的念頭，慢慢打斷了。他說：『父親的意思我明白了。但那張家女兒聽說今年也回來了⋯⋯』。

『哦！是的，他在女師範畢業了⋯⋯正是今年才回來的。』他父親含笑的回答他，他這時心裏打算要求他父親要和張家女兒見面。但終有些不好意思出口，低着頭，等了半天才囁嚅着說：『我打算見她一面。』他父親微笑着，露出很慈愛的樣子說：『這個慢慢商量吧！』現在你先去休息，他這才退了出來。

走到自己的屋子裏，看見所有的家具都新漆過了，知道這都是爲婚事的預備。他正在四圍賞覽着，只見書案上放着一個白銀刻花的像架，裏面有一個極美麗的女子，手裏撚着一朵玫瑰花，倚在太湖石上，眼望雲天微笑。他心裏吃驚，他想這女子比松文更秀麗了，這到是誰呢？怎麼放在他的屋子裏來呢？他把這像片從案上拿了下來，只見這像的背後，有一行字是『張靜蘭年十九歲三月五日酉時生，』他這時心花都放了。他曉得這就是他未來的妻子，美麗而年青的安琪兒，這時把松文更忘懷了。並且他漸漸生了鄙薄松文的念頭，他想自己純潔的愛情，只能給那青春而美麗的貞女。松文已不是含露未放的花苞了。把從前松文的印影，用新的幔子罩起來了。

松文自從那少年走後，情緒只覺無聊，常常一人獨坐回溯水涯畔的美麗圖境，那少年的笑容，怎樣使她忘了愁苦。這時她瘦白的兩頰上，漸漸湧起兩朵紅雲，彷彿晨光朦朧裏的彩霞。但一想到她現在的孤零和淒寂，那美麗的夢，便幻成可怕的毒蛇，驅逐她到失望的國裏去，她的眼淚又緣着兩頰流下來了。

這一天清早，她正獨自在廊下徘徊着，忽見郵差送來一封信。那熟諳的筆跡，使她的心頭立刻開了花。她忙忙拆開封口，一張美麗粉紅色的片子，落在地下，她想這一定是新出的風景片，忙忙拾了起來，『呀！』她突喊出這驚奇悲慘的調子來。她的手抖着，只見那張結婚的請帖，個個字都像魔鬼向她伸爪似的，她無力的倒在地下了。彬彩正在房裏看書，聽見這聲音，急出來看，只見松文面色蒼白，牙關緊閉，昏倒地下。忙忙叫老媽子，幫着把他扶起，放在牀上，叫喊了半天，她才慢慢醒了過來，但她的神經已經亂了，忽笑忽哭，有時用手在空中亂抓。彬彩慌了，忙忙通知學監，請了醫生來看，醫生只是搖頭說：『這病很有瘋狂的可能。必須趕緊使她熱度減少，才保得性命。』當晚使用汽車把她送到醫院去了。

這消息一傳佈開，彬彩又受了許多的苦痛，人們眞怪，某一個人有了一點不是，連朋友都要被凌辱。彬彩本想搬到醫院去看護她。因怕同學們的冷嘲熱罵，把她的心嚇冷了。雖然心裏憐她，面子上也不願親近她。

松文在醫院裏，過了兩個星期，危險的時期已經過了，但當她迷糊的時候，還不覺苦。只要她略一清醒時，睜眼一看，自己身傍一個人都沒有，便是窗前的樹葉，也彷彿對她很冷淡的，也好像已經走到天盡頭的孤島裏了，這時只有哀求萬能的慈悲上帝，來接引她了，但上帝也似乎沒有聽見她的哀求，只有黃昏的灰幔，猶戀戀的覆着她。使她看不見人類冷刻的眼波的流盼罷了！

# 舊稿

在這炎熱的下午，大家全在睡午覺，梅生也拏着小說月報躺在沙發上，看了幾頁，覺得眼皮蓋下來了，但是睡魔十分作弄，當她把小說月報放下，預備夢游極樂世界的時候，睡魔早又躲得無影無蹤了。她在沙發上翻來覆去，總睡不着，精神十分興奮，因坐起來，把書架上一堆零亂的書籍，一本本整齊的放在桌上，最後賸下一本薄薄的小册子，上面寫着『舊稿』兩個字，她的確忘了，這舊稿是什麼時候作的？當下凝神回想了半天，但總想不起來，免不得打開細看：——

『眞的！悟哥太喜歡哭了，他昨天給我一封信，寫得眞可憐。而且在那信紙上，點點斑斑地淚痕，還辨認得出呢！他說：「妹妹！你總像不懂什麼事情是的，當我和你同坐在海棠樹下，聽瀏鶇叫的時候，你總是望着天，默默含笑，我呢？又像是很得意，其實我也够傷心了！你知道嗎？我爹老了，我媽呢？早已回去了，我沒有兄弟，也沒有姊妹，只是我一個人，我眞是落漠極了……妹妹！你怎麼不理會我呵！你眞要使我把霜雪般尖刀，割出鮮紅的心給你看嗎？……我知道小孩子未必有什麼經驗，她們對於大人的傷心，總不大受感動，但是妹妹你是人間第一聰明的，你的兩眼神光，常常照澈我的心，你絕不至於不明白我呵！昨天晚上，我們坐在太湖石上，我問妹妹說：『你能愛我嗎』？你怎麼只是憨憨地笑，呵！我眞的傷心極了，妹妹呵！你是春天裏溫馨的風，能吹散人間的怨愁，但是你總不向我吹喲！你是上帝的寵兒，能予人以生命，但是你總不理會我喲！唉！我低聲的禱告，妹妹怎麼總是憨憨地笑呵！妹妹你不要太使我過不去吧。……」

悟哥只是喜歡愁，喜歡哭，我有時候也好像很難過，但我覺得哭總不如笑容易，我記得有一次嬤嬤病得很利害，哥哥們都暗暗彈淚，我便也想哭，可是到了晚上媽媽好些，我依舊笑起來。

有一天下午，我和娟姊同到公園散步，我們走到後邊竹亭子的左近，看見一個少年拏着書，放在膝蓋上，眼睛卻看着天，默默出神，我們在遠處只看見背影，娟姊指着那少年告訴我說：「你瞧！那個人不是發瘋嗎？一定是受了什麼委曲，一個人跑到這里出神來了。」我聽了這話，不禁笑了。我心想這個人，眞好傷心，跟悟哥可以作朋友了。娟姊不住聲的說「奇怪！奇怪，我們到要看看這是什麼人？」我們因此故意折回來，走到亭子面前，呵！我不看還好，一看我又禁不住哈哈笑起來，原來就是悟哥喲！

第二天悟哥看見我，好像有些不高興，他說：「妹妹，你怎麽總不了解我呵？」我依舊覺得好笑。而且我還笑着問他：「你昨天在公園想什麽呵！娟姊說你一定受了誰的委曲了，眞的嗎？」悟哥彷彿要哭了，我有些怕，眞的！我最怕看大人哭，我便急急跑了。

悟哥在我家裏住了一年，他哭的次數眞是無數了，我從前聽見人家說：世界上只有女人愛哭，悟哥其實比女人更愛哭呢。

悟哥好像老怪着我爲什麽不陪他哭，其實我那回偸着擦眼淚，他偏偏沒看見，怪得我嗎？我怎麽好意思告訴他我哭了呢？

那一天晚上，張升替他拿着行李，哥哥拍着他的肩說：以後有機會到北京，還在我們家裏住，到那邊常常給我們信，我這時正站在大門口，看着車夫抬箱子，那汗珠兒從額上流下來，好像黃豆般滾着，有一顆恰好滾到他嘴裏去，我不由得想起小妹拿眼淚當作甘露嚥下去，禁不住又笑了。

悟哥忽然嘆了一口氣，拉着我的手說：「妹妹！我們從此不能再在一處玩了！」我聽了這話，好像丟了什麽東西似的，仰頭看看悟哥，好像他又哭了，我這次禁不住心頭發酸，掉轉頭跑到臥室裏，把頭藏在被窩裏嗚嗚咽咽哭起來，不過我哭的時間很短，不到十分鐘我就睡着了。眞的，這一次要算我最傷心了！可惜悟哥不曾看見！

悟哥走了以後，我總覺着悵惘，花園也懶去，飯也懶喫，媽媽問我爲什麼？我不知道說什麼，過了五六天娟姊搬到我們家裏來住，我的精神漸漸恢復了，但是提到悟哥我便覺得悵惘，不像從前那種好笑了。

這一天悟哥的信來了，他說：『愛笑的妹妹，你猜我現在住在那里？那屋子的陳設，和我的情景是怎麼樣？你倘看見了那像豆般的小火焰，發出淡綠的幽光，和聽見窗前促織兒淒淒地叫，你或者要縐縐眉頭吧！但是我想起我總喜歡拿悲哀的事告訴你，把你天眞活潑的心芽或者要挫折了。這一點我實在覺得罪過，可是我自己又制不住自己。妹妹呵！你原諒我嗎？我自從離開了你，我更覺得沒有生趣了，我只求上帝不絕人使你永久是含露的仙葩，永久植在冷漠的花池裏，使牠略有生氣。』

我從來沒給人寫過信，尤其是沒有給男子寫過信，我接到悟哥信的第二天，絕早起來了。拿着筆和紙，寫來寫去直寫到喫午飯還不曾寫好，我眞奇怪，怎麽這信很是難寫。娟姊跑來要看，我更不會寫了，後來勉强寫了幾句說：「……悟哥！我現在不大愛笑了。可是我不明白爲什麽。是的！我想起來。我從你走後，我只大笑過兩回，一回是娟姊從牀上掉下來——因爲和弟弟搶蘋果喫，一回是弟弟寫字，畫了一臉的鬍子，除這兩回以外我眞的再不曾大笑了。」我只寫了這幾句，不能再寫了——不過這信我終久沒寄去。

過了兩年悟哥不再來信了。聽哥哥說：「悟哥去年娶了悟嫂。現在也不愛哭了。」可是我的笑却再也不能恢復了！』

舊稿到此爲止，後面還有一首小詩說：——

『雲雀飛遍了九天，

笑之神呵！

只深深藏伏雲霓之間，

尋尋覓覓，

來到茫茫大海邊，
只有白浪如煙；
海霧迷眼，
笑之神呵！
原來不在這冷漠的世界！』

『哦！這只是一束舊稿，無意味的收藏着，何苦呵？』——梅生自言自語着，把舊稿搓成飛絮般，片片飄舞，但她還嫌着跡，點著一把火，把這舊稿頃刻化爲灰塵了。

## 前塵

春天的早晨，醺醺含笑，悄對着醉意十分的朝旭。伊正推窗凝立，回味夜來的夢境：山崖疊嶂聳翠的迴影，分明在碧波裏輕漾，激壯的松濤，正與澎湃的海浪，遙相應和。依稀是夕陽晚照中的千佛山景，還有一聲兩聲磬鈸的餘響，又像是靈隱深處的佛音。

三間披茅附藤的低屋，幾灣潺湲蜿蜒的溪流，擁護着伊和他，不解戀海的涯際，是人間，還是天上，只憧憧在半醉半癡的生活裏，不覺已銷磨了如許景光。

無限悵惘，壓上眉杪，舊怨新愁，伊似不勝情，放下窗幔，怯生生的斜倚雕欄，忽見案頭倩影成雙；書架上的花籃，滿栽着素嫩翠綠的文竹，葉梢時時迎風招展，水仙的清香，潛闖進伊的鼻觀，驀省悟，這一切都現着新鮮的欣悅，原來正是新婚的第二天早晨呵！

唉！絕不是夢境，也不是幻相，人間的事實，完全表現了，多麼可以驕傲。伊的朋友，寄來凱歌新詠，伊含笑細讀，眞是味長意深；但瞬息百變的心潮，禁不得深念凝神處，不提防萬感犇集，往事層層，都接二連三的湧上心來。

無聊的來到書櫥邊，把兩細舊箋鄭重的從新細看。讀到軟語纏綿的地方，贏得伊低眉淺笑，若羞似喜。不幸遇到苦調哀音的過節，不忍終篇悄悄地痛淚偷彈，這已是前塵影事，而耐味榆柑，正禁不起回想啊！

人間多少失意事，更有多少失意人；當他們楚囚對泣的時候，不絕口的咒詛人生，彷彿萬種凄酸，都從有生而來：如果麻木無知，又悲喜何從，——伊也曾失望，也曾咒詛人生，但如今怎樣？

收拾起舊恨新愁，
拈毫管；
譜心聲，
低低彈出水般清調，
雲般思流；
人間與廢莫問起，

且消受眼底溫柔。

無奈新奇的異感，依然可以使伊悵惘；可以使伊徬徨，當伊將要結婚之前；伊的朋友曾給伊一封信道：——

『想到你披輕綃衣雲羅，捧着紅豔的玫瑰花，含情傍他而立；是何等的美妙，何等的稱意；畢竟是有情人終成了眷屬，可是二十餘年美麗的含蓄而神祕的少女生活，都爲愛情的斧兒破壞了。不解人事的朋友——你——我們的交情收束了，更從頭和某夫人訂新交了。這個名稱你覺得刺耳不？我不敢斷定；但我如此的稱呼你時，的確覺得十分不慣；而且又平添了多少不舒服的感想！噫我眞怪僻！但情不自禁，似乎不如此寫，總不能盡我之意，好朋友！你原諒我吧！……』

這是何等知心之談，伊何能不回想從前的生活；甚至於留戀着從前的幽趣，竟放聲痛哭了。伊初次見阿翁，——當未結婚之前，只覺羞人答答地；除此外尙不曾感到別種異味，現在呢？……記得阿翁對伊叮囑道：『善持家政，好和夫壻……』頓覺肩上平添多少重量，伊原是海角孤雲，伊原是天邊野鶴；從來頑憨，那解得問寒噓暖，那慣到廚下調羹弄湯？閒時只愛讀離騷，吟詩詞，到現在，拈筆在手，寫不成三行兩語，陡想起鍋裏的雞子，熟了沒有？便忙忙放下筆，收拾起斯文的模樣，到竈下作廚娘，這種新鮮滋味，伊每次嚐到，只有自笑人事草草，誰也免不了喲！

不傍涯際的孤舟，終至老死於不得着落的苦趣中，徬徨的哀音，可以賺不少人同情的眼淚，但緊繫垂楊蔭裏的小羊，也不勝束縛之悲，只是人世間，無處不密張網羅，任你孫悟空跳脫的手段如何高，也難出如來佛的掌握。況伊只是人間的弱者，也曾爲滿窗的秋雨生悲，也曾因溫和的春光含笑，久困於自然的調度下，縱使心游天闥，這多餘的軀殼，又安得化成輕煙，蒸成大氣，遊於無極之混元中呢！

記得朔風凜冽的燕京市中，不曾歇止的飛沙，不住的打在一間矮屋角上，伊和她含愁圍坐爐旁，不是天氣惱人，只怪心海浪多，波湧幾次，覺得日光暗淡，生趣蕭索。

伊手撫着溫水袋，似憾似悽的嘆道：『你的病體總不見好；都由心境於邑太過，人生行樂，何苦自戕若是？』她勉強苦笑道：『我比不得你，……現在你是一帆風順了，似我飄零，恐怕不是你得意人所能同日而語的；不過人生數十年的光陰，總有了結的一天，我只祝福你前途之花，如荼如火，無限的事業從此發軔；至於我呵，等到你重來京華的時候，或者已經乘鶴回眞！賸些餘影殘痕。供你憑弔罷了……』伊聽了這話，只怔怔的一言不發，彷彿她的話都變作尖利的細鍼將伊嫩弱的心花，戳成無數的創傷。不禁含淚，似哀求般說：『你對於我的態度，爲什麼忽然變了？你這些話分明是生疏我，我不解你從前待我好，現在冷淡我是爲什麼？雖然我曉得我今後的環境要和你不同了，但我的心依舊不曾忘你；唉！我自覺一向冷淡，誰曉得到頭來卻自陷唯深！……』

唉！一番傷心的留別話，不時湧現於伊的心海之上，使她感到新的孤寂，嚐受到異樣的淒涼，伊相信事到結果，都只是煞風景的味道。伊向來是景慕着希望的雋永，而今不能了，在伊的努力上是得了勝利，可以傲視人間的失意者，但偶聽到失意者的哀憤悲音。反覺得自己的勝利，是極可輕鄙的。

自從伊決定結婚的信息傳出後，本來極相得忘形的朋友，忽然同伊生疏了。雖有不少虛意的慶祝話，只增加伊感到人間事情的僞詐。

她來信說：『……唯望你最樂時期中，不要忘了孤零的我，便是朋友一場……』

她來信說『……獨一念到侃侃登台豪氣四溢的良友，而今竟然盈盈花車中，未免耐人尋思，終不禁悵然了。往事何堪回首？』多感善思的伊，怎禁得起如許挑撥？在這香溫情熱的蜜月中，伊不時緊皺眉峯，當他外出的時候，伊冷清清地獨坐案前，不可思議的悵恨，將伊緊緊細住，如籠愁霧，如罩陰霾；雖處美滿的環境裏，心情終不能完全變換沉迷的欣悅，只是刹那的異感，深鏤骨髓的人生咒詛，不時現露蒼涼的色彩。

這種出乎常情的心情，伊只想強忍，無奈悲緒如蒲葦般柔靭而綿長，怯弱的伊，終至於抗拒無力，伊近來極不願給朋友們寫信，當伊提起筆，心裏便覺得無限辛酸，寫起信來便是滿紙哀音，誰相信伊正在新婚陶醉的時期中？伊這種的現象，無形中擊碎了他的心。

在一天的夜裏，天空中倒懸着明鏡般的圓月，疏星欲斂還亮的隱約於雲幕的背後，伊悄然坐在沙發上，看他伏案作稿，滿蓄愛意的快感，使伊不禁微笑了。但當伊笑意才透到眉梢頭，忽然又想到往事了。伊回憶到和他戀愛的經過？——

最初若有若無的戀感，彷彿陰雲裏的陰陽電，忽接忽離，雖也發出閃目的奇光，但終是不可捉摸的，那時伊和他的心都極易滿足，總不想會面也不想晤談，只要每日接到一封信，這心裏的鬱結，便立刻洗蕩乾淨，老實說，信的內容以至於稱呼，都沒有什麼特著的色彩，但這絕不妨礙伊和他相感相慰的效力。

而且他們都有怪僻，總不願意分明的寫出他們的命意，只隱隱約約寫到六七分就止了。彼此以猜謎的態度，求心神上的慰安，在他們固然是知己知彼，失敗的時候很少，但也免不了，有的時候猜錯了，他們的心流便要因此滯住了，但既經疏通之後，交感又深一層。

在他們第一期的戀感中，彼此都彷彿是探險家，當摸不着邊際的時候，徬徨於茫茫大海的裏頭，也曾生絕望的思想，但不可制止的戀流，總驅逐着他們，低低的叫道：『往前去！往前去！』這時他們只得再鼓勇氣，擦乾失望的淚痕，繼續着努力了。

他們來往的書信，所說的多半是學問上的討論，起初並不見得兩方的見解絕對相同，但只要他以為對的，伊總不忍完全反對，他對伊也是一樣的心理，他們學問的見解，日趨於同，心情上的了解也就日深一日了，這種摸索着探險的生活，希望固可安慰他們的熱情，而險阻種種，不住的指示他們人生的愁苦，當他們出發的時候，各據一端，而他們的目的地，全在那最高的紅燈塔邊。一個從東走，一個從西來，本來相離很遠，經過多少奇兀的險浪、汹波，還有猛鯨碩鼉，他們便一天接近一天了。

天下絕沒有如直線般的道路，他們走到山窮水盡的時候，往往被困在懸涯的邊上，下面海流蕩蕩，大有稍一反側，便要深陷的危險，這時候伊幾次想懸崖勒馬，生出許多空中樓閣，聊慰淒苦的方法來，伊曾寫信給他說：——

「……我不敢想人間的幸福；因爲我是不幸者，但我不信上帝苛酷如是，便連我夢魂中的慰安，也剝奪了嗎？

我記得懸泉飛瀑的底下，我曾經駐留過，那時正是夕陽滿山，野花載道，鶯燕互語的美景中你站在短橋上慢吟新詩，我倒騎牛背，吹笛遙應，正是高山流水感音知心。及至暮色蒼茫，含笑而別，恬然各歸，鄭重叮嚀，明日此時此地，莫或愆期，唉！這是何等超卓的美趣啊！我希望——唯一的希望，不知結果如何，你也有意成就我嗎？』

超越世間的美趣，如幽蘭般，時時發出迷人的醉香，誘引他們不住的前進，不覺得疲弊，有時伊倦了，發出絕望的悲嘆，他和淚濡墨懇切的寫道：——

『唉！我已經灰冷的心爲誰熱了，啊！』這確實是使伊從頹唐中興奮。

沈迷在戀海裏面的衆生，正似嗜酒的醉漢，當他浮白稱快的時候，什麼思想都被擯斥了。只有唯一的酒，是他的生命。不過等到清醒的時候，聽見朋友們告訴他醉裏的狂態，自己也不覺啞然失笑。至於因酒而病的人，醒後未嘗不生悔心，不過無效得很，不聞酒香，尙可暫時支持，一聞酒香，便立刻陶醉了。伊和他正是情海裏的迷魂，正如醉漢的狂態，他們的眼淚只爲他們迷狂而流，他們的笑口也只爲他們的迷狂而開。

伊想到未認識他以前，從不曾發過悲鬱的嘆聲，縱有時和同學們爭吵氣憤至於哭了，這只是一陣的暴雨，立刻又分撥陰霾，閃爍着活潑的陽光了。自從認識他以後，伊才了解人間不可言說的悲苦。伊記得有一次，正是初秋的明月夜，他和伊在公園裏閒散，他忽然因美感的强激，而生出蒼涼的哀思，微微嘆了一聲，伊悄悄地問道『你怎麼了？……』他只搖頭道：『沒有什麼？』這種的答話，在伊覺得他對自己太生疏了，情好到這種地步，還不能推心置腹。伊想到這里，覺得自己眞是天地間的孤零者了，往日所認爲唯一可靠的他，結果終至於斯，作人有什麼意義，鎭日家奔波勞碌，莫非只爲生活而生活嗎？這種贅疣般的人生，收束了到乾淨呢？伊越思量越淒楚，這時他們正來到石獅蹲伏着的水池邊，伊悲抑的倚在石獅的背上，含淚的雙眸，悽對着當空的皎月，銀光似的月影正籠罩着一畦雲般的蓼花，水池裏的游魚，依稀聽得見唼喋的微響，園裏的遊人，都羣聚在茶肆酒館前。這滿含秋意的境地裏，只有他們的雙影，在他們好和無間的時候，到了這種蕭瑟蒼涼的地方，已不免有身世之感。况今夜他們各有各的心事：伊憾他不了解自己的衷懷，他傷伊誤解自己的悲悽，他本想對伊剖白，無奈酸楚如梗，欲言還休。伊也未嘗不思窮詰究竟，細思又覺無味。因此悄默相對，伊終久落下淚來，傷感既深，求解脫的心，忽然如電光一閃，照見人生究竟，大有放下屠刀，立地成佛之思，把癡戀之柔絲，用鋒利的智慧刀，一齊割斷，立刻離開那蹲伏的石獅子，很斬決的對他道：『我已倦了，先回去吧！』他這時的傷感絕不在伊之下，看了伊這種絕決的神氣，更覺難堪，也一言不發的走了。伊孤孤零零出了園門，萬種幽怨和滿心屈曲，纏攪得伊如騰雲霧，昏沈中跳上人力車，兩淚如斷線珠子般，不住滾落襟前，那時街上的行人已經稀少了，魚鱗般的絲雲，透出暗淡的月色，繁夥的衆星，都似無力的微睁倦眼，向伊表示可憐的閃爍。

伊回到家裏，家人已經都睡了。靜悄悄地四境，更增加不少的悽涼，伊悄對銀燈，拈起禿筆，在一張紙上，一壁亂塗，一壁垂淚，一張紙弄得墨淚糢糊。直到壁上的鐘敲了三點，伊才覺倦惰難支，到牀上睡了，夢裏兀自傷心不止。輾轉終夜，第二天頭暈目脹，起牀不得，——伊本約今天早晨找他去，現在病了去不得，一半也因昨夜的芥蒂，不願去。在平日一定要叫人去通知，叫他不用等，或者叫他來，而現在伊總覺得自己的心事，他一點不知道，十分怨怒，明知道伊若不去，他一定要盼望，或者他也正伏枕飲泣；只是想要體諒他，又不勝怨他，結果這一天伊不曾去訪他，也不派人通知他，放不下的心，和憤氣的念頭，纏攪着，唯有蒙起被來痛快的流淚。

到第二天的早晨，伊的病已稍好些，勉強起來，但寸心忐忑，去訪他呢？又覺得自己太沒氣了，不去訪他呢？又實在放心不下，伊草草收拾完，無聊悶坐在書案前，又怕家人看出破綻，只得拿了一本紅樓夢，低頭尋思，遮人耳目。

門前來了一陣脚步聲，聽差的拿進一封信來，正是他的筆跡，不由得心亂脈跳，急急拆開看道：——

『今天你不來，料是怒我，我沒有權力取得世界一切人的同情的諒解，幷也沒有權力取得你的同情與諒解了！我在世界眞是一個無告的人了！隨他難過去吧！隨他傷心去吧！隨他痛哭去吧！隨他……去吧！人家滿不在乎這多一個不加多；少一個不見少的人，我又何苦必在乎這個生也沒有快樂；死也不見可惜；糟粕似的人生！我只怨自己的看不破，於人乎何尤！——明日能來也好，不來也好！——』

伊看了這封信，怨怒全消，只不勝可憐他委曲的悲傷，伊哭着咒駡自己，爲什麽前夜絕決如此；使他受苦，現在不曉得悲鬱到什麽地步，憔悴到怎般田地了，伊思着五衷若焚，急急將信收起，僱上車子去訪他，在路上心浪起伏，幾次淚液承睫，但白天比不得夜裏，終不好意思當眞哭起來，只得將眼淚強往肚裏嚥。及至來到他的屋子門口，那眼淚又拚命的湧出來，悄悄走進他的房間，唉！果然他正在伏枕嗚咽，伊眞覺得羞愧和不忍，慢慢掀開他的被角，淚痕如線，披掛滿臉，兩目緊閉，愔淡欲絕，伊禁不住伏在他的懷裏，嗚咽痛哭，他見了伊，彷彿受委曲的小孩見了親人，更哭得傷心了。

人生有限的精神，經得起幾許銷磨？伊和他如醉如癡的生活，不只耽擱了好景光，而且頹唐了雄心壯志，在這種探索彼岸的歷程中，已經是飽受艱辛，受苦惱，那更禁得起外界的刺激呵！

他們的朋友；有的很能了解他們的，但也有只以皮毛論人的，以爲他們如此的沈迷，是不當的，於是造出許多謠言，毀謗他們，這種沒有同情的刺激，也足使伊受深刻的創傷，記得有一次，伊在書案上，看見伊的朋友寄伊表妹的一封信，裏頭有幾句話道：『你表姊近狀到底怎樣？她的謠言，已傳到我們這里來了。人們固然是無情的，但她自己也要檢點些才是。她的詳狀，望你告我何如？』

伊讀了這一段隱約的話，神經上如受了重鼎的打激，縱然自己問心，沒有愧對人天的事，但社會的輿論也足以使人或生或死呢？同學的彬如不是最好的例嗎？她本來很被同學的優禮，只因前天報上登了一段毀謗她的文字，便立刻受同學們的冷眼，內情的眞僞，誰也不曉得，但毀謗人的惡劣本能，無論誰都比較發達呢！彬如誠然是不幸了。安知自己不也依然不幸呢？伊越想越怕，終至於懺悔了。伊想伊所受的苦已經夠了，眞是驚弓之鳥，怎禁得起更聽彈弓的響聲呢！

唉！天地大得很呵！但伊此刻只覺得無處可以容身了。伊此時只想拋卻他自己，躲避到一個沒有人煙的孤島上，每天吃些含鹹味的海水，和魚蝦，毀譽都不來攪亂伊，到了夜裏，墊着銀光閃灼的細紗的褥子，枕着海水洗淨的白石，蓋着滿綴星光的雲被；那時節任伊引吭狂唱戀歌；也沒人背後鄙夷了！便緊緊摟着他，以天爲證，以海爲媒，甜蜜的接吻，也沒有人背後議論了！況且還有依依海面的沙鷗，時來存問，咳，那一件不是撇開人間的桎梏呵！……但不知道他是否一樣心腸？唉！可憐！眞愚鈍呵！不是想拋棄他，怎麼又牽扯上他呢？

紛亂的矛盾思流，不住在伊心海裏循蕩着，不知道經過多少時光，伊才漸漸淡忘了。呵！最後伊給伊表妹的朋友寫封信道：——

『讀你致舍表妹信，知道你不忘故人，且彌深關懷，感激之心眞難言喻。不過你所說的謠言，不知究竟何指？至於我和他的交往，你早就洞悉詳細，其間何嘗有絲毫不坦白處？卽使由友誼進而爲戀愛，因戀愛而結婚，也是極平常的人事，世界上誰是太上，獨能忘情？人間的我，自愧弗如。但世俗毀謗絕非深知如你的之所出，故敢披肝瀝膽，一再陳辭，還望你代我洗滌，黑白倒置，庶得倖免。……』

伊這信寄去後，心態漸次恢復原狀，只留些餘痕，滋伊回憶。情海風波，無時或息，疊浪兼湧，接連不止，這時他和伊中間的薄膜，已經挑破了，但不幸的陰雲，不提防又從半天裏湧出，當伊和他發生愛戀以後，對於其他的朋友，都只泛泛論交，便是通信也極謹愼，不過伊生性極灑脫，小節上往往脫略，許多男子以爲伊有意於己，常常自束唯深，伊有時還一些不覺得，有一次伊的朋友告訴伊說：『外面謠傳伊近來和某青年很有情感，不久當有訂婚的消息，』伊聽了這話，彷彿夢話，不禁好笑，但伊絕不放在心上，依然是我行我素。

有一天早晨，伊尙在曉夢沈酣的時候，忽聽見耳旁有人叫喚，睜眼細看，正是伊的表妹，對伊說快些起來，姓方的有電話。伊惺忪着兩眼，披上衣服，到外面接電話，原來是姓方的約伊公園談話，伊本待不去，無奈約者殷勤，辭卻不得，忙忙收拾了到公園，方某已在門旁等待。伊無心無意的敷衍了幾句，便來到荷花池邊的山石上坐下，看一羣雪毛的水鴨，張開黃金色的掌，在水面游泳。伊正當出神的時候，忽聽方問伊道：『你這兩天都作些什麼事？』伊用滑稽的腔調答道：『吃了睡，睡了吃，人生的大事不過爾爾！』方道：『我到求此而不得呢？』伊說：『爲什麼？』方忽然嘆道：『可惱的失眠病現在又患了。這兩天心緒之不寧，眞算利害了！唉！眞是徬徨在茫漠的人間，孤寂得太苦了，……』伊似乎受了暗示；彷彿知道自己又作錯了，心裏由不得抖戰，因努力鎮定着，發出冷淡的聲調道：『草草人生，什麼不是作戲的態度，何必苦思焦慮，自陷苦趣呢？我向來只抱遊戲人間的目的，對於誰都是一樣的玩視，所以我到不感到沒有同伴的寂寞，而且老實說起來，有許多人表面看起來很逼眞，引爲同伴的，內心各有各的懷抱，到頭來還是水乳不相容，白費苦心罷了。……』

方對於伊的話，完全了解；但也絕不願意再往下說了。只笑道：『好！遊戲人間吧！我們到前面去坐坐。』他們來到前面茶座上，無聊似的默坐些時，喝了一杯茶，就各自散了。

到家以後，他剛好來了，因問伊到什麼地方去，伊因把到公園，和方的談話全告訴了他。他似乎有些不高興，停了好久，他才冷冷的道：『我想這種無聊的聚會，還是少些爲妙，何苦陷人自苦呢？』伊故意問道：『你這話什麼意思，我笨得很，實在不大明白。……放心吧！……』他禁不住笑了道：『我有什麼不放心？』

在伊只是逢場作戲，無形中，不知害了多少人，但老實說，伊絕不曾存心害人；伊也絕不想到這便是自苦之原。

在那一年的夏天，白色的茶花，正開得茂盛，伊和他的一個朋友，同坐在紫藤架下，泥畦裏橫爬出許多螃蟹來，沙沙作響。伊伏在綠草地上，有意捉一隻最小的，但終至失敗了，只弄得滿手是泥，伊自笑自己的頑憨，伊的朋友也笑道：『你彷彿只有六歲的小孩子，可是越顯得天眞可愛！』他說完，含笑望着伊，伊不覺臉上浮起兩朵紅雲，又羞又驚的低着頭，那種倉惶無措的神情，彷彿被困狼羣的小羊，但他絕不放鬆這難得的機會，又繼續着道：『我原是奮夜奔前程的孤舟，你就是那指示迷途的燈塔，只有你我才能免去覆沒之憂，我求你不要拒絕我，』伊急得幾乎要哭了顫聲道：『你不知道我已經愛了他嗎？……我豈能更愛別人！』他迫切的說『你說能愛他，爲什麽不能愛我？我們的地位不是一樣嗎？』伊搖頭道：『地位我不知道，我只曉得我只愛他，……好了！天不早了，我應當回去了。』他說：『天還早，等些時，我送你回去，』『不！我自己曉得回去，請你不要送我！……』伊說着等不得更聽他的答言，急急往門口走，他似含怒般冷笑望着伊道：『走也好！但是我總是愛你呢？』

這種不同意的強愛，使伊感到粗暴的可鄙，無限的羞憤和委曲，當伊回到家裏的時候，制不住落下淚來。但不解事的那朋友又派人送信來，伊當時恨極，不曾開封，便用火柴點着燒化了，獨自沈想前途的可怕，眞憾人類的無良，自己的不幸。但這事又不好告訴他，伊憂鬱着無法可遣，每天只有浪飲圖醉，但愁結更深，伊憔悴了，削瘦了！而他這時候，又遠隔關山，告訴無人，那強求情愛的朋友，又每天來找伊，纏攪不休。這個消息漸漸被他知道了，便寫信來問伊：究竟是什麽意思？伊這時的委曲，更無以自解，想人間無處而不汚濁，怯弱如伊，怎能抗拒，再一深念他若因此猜疑，豈不是更無生路了嗎？伊深自恨，爲什麽要愛他，以至自陷苦海！

伊深知人類的嫉妒之可怕，若果那朋友因求愛不得，轉而爲恨，若只恨伊到不要緊，不幸因伊而恨他，甚至於不利於他，不但鬧出事來，說起不好聽，抑且無以對他，便死也無以卸責呵！唉！可憐伊寸腸百迴，伊想保全他，只得忍心割棄他了。因寫信給他道：——

『唉！燒餘的殘灰，爲什麼使牠重燃？那星星弱火——可憐的灼閃，——我固然不能不感激你，替我維持到現在，但是有什麼意義？不祥如我，早已爲造物所不容了，留着這一絲半絲的殘喘，受酷苛的冷情宰割，感謝你不住的鼓勵我，向那萬一有幸的道路努力，現在恐怕強支不能，終須辜負你了！

我沒什麼可說，只求你相信我是不祥的，早早割棄我，自奔你光輝燦爛的前程，發展你滿腹的經綸，這不值迴顧的兒女癡情，你割棄了吧！我求你割棄了吧！

我日內已決計北行，家居實在無聊。况且環境又非常惡劣，我也不願仔細的說，你所問的話，我只有一句很簡單的答復；爲各方面乾淨，還是棄了我吧！我絕不忍因愛你而害你，若眞相知，必能諒解這深藏的衷曲。……』

伊的信發了，正想預備行裝，似悟似怨的心情，還在流未盡的餘淚，忽然那朋友要自殺的消息傳來了，其他的朋友立刻都曉得這信息，逼着伊去敷衍那朋友，伊決絕道：『我不能去，若果他要死了，我償命是了，你們須知道，不可言說的欺辱來凌遲我，不如飲鎗彈還死得痛快呵！』伊第二天便北上了。伊北上以後，那朋友恰又認識了別的女子，漸漸將伊淡忘；灰冷的心又閃灼着一線的殘光。——正是他北去訪伊的時候。

唉！波折的頻來，眞是不可思議，這既往的前塵，雖然與韶光一齊消失了，而明顯的印影，到如今兀自深刻伊的腦海。

皎月正明，伊那里有心評賞，他的熱愛正濃，伊的心何曾離去寒戰。

這時伏案作稿的他，微有倦意，放下筆，打了一回呵欠，回視斜倚沙發的伊；伊面色愁慘，淚光瑩瑩，他不禁詫異道：『好端端的爲什麼？』說着已走近伊的身傍，輕輕吻着伊的柔髮道：『現在作了大人了，還這樣孩子氣，喜歡哭。』說着含笑的望着伊；伊只不理，爽性伏在沙發背上痛哭了。他看了這種情形，知道伊的傷感絕不是無因，不免要猜疑；他想道：『伊從前的悲愁，自然是可以原諒，但現在一切都算完滿解決了，爲什麽依舊不改故態，再想到自己爲這事，也不知受了多少痛苦，只以爲達到目的，便一切好了，現在結婚還不到三天，唉！……未免沒有意思呵！』他思量到這里，也由不得傷起心來。

在輕煙淡霧的湖濱，爲什麽要對伊表白心曲？若那時不說；彼此都不至陷溺如此深，唉！那夜的山影，那夜的波光，你還記得我們背人的私語嗎？伊說：伊飄泊二十餘年的生命，只要有了心的慰安，——有一個眞心愛伊的人，伊便一切滿足了，永遠不再流一滴半滴的傷心淚了。……那時我不曾對你們——山影波光發誓嗎？我從那一夜以後，不是眞心愛伊嗎？爲什麽伊的眼淚兀自的流，伊的悲調兀自的彈，莫非伊不相信我愛伊嗎？上帝呵！我視爲唯一的生路，只是伊的滿足呵！伊只不住的彈出這般淒調，露出這般愁容……唉！

伊這時已獨自睡了，但沈幽的悲嘆，兀自從被角微微透出，他更覺傷心，禁不住嗚咽哭了。伊聽見這種哭聲，彷彿沙漠的曠野裏，迷路者的悲呼，伊不覺心裏不忍，因從牀上下來，伏在他的懷裏道：『你不要爲我傷心，我實在對不住你！但我絕不是不滿意你；不過是樂極悲生罷了。夜已深，去睡吧！』他嘆道：『你若常常這樣，我的命恐怕也不長了。』說着不禁又垂下淚來。

實在說伊爲什麼傷心，便是伊自己也說不來，或者是留戀舊的生趣，生出的嫩稚的悲感。或者是伊強烈的熱望，永不息止奔疲的現狀，伊覺得想望結婚的樂趣，實在要比結婚實現的高得多。伊最不慣的，便是學作大人，什麼都要負相當的責任，煤油多少錢一桶？牛肉多少錢一斤？如許瑣碎的事情，伊向來不曾經心的，現在都要顧到了。

當伊站在爐邊煮菜的時候，有時覺得很可以驕傲，以爲從來不曾作過的事情，居然也能作了。有時又覺得煩厭，記得從前在自己家的時候，一天到晚，把書房的門關起，淘氣的小姪女來敲門，伊總不許她進來。左邊經，右邊史，堆滿桌上，看了這本換那本，看到高興的時候，提筆就大圈大點起來，心裏什麼都不關住，只有恣意作伊所愛作的事情，作到倦時，坐着車子，訪朋友去。有時獨自到影戲場看電影，或到大餐館吃大餐，只是孤意獨行，絲毫不受人家的牽掣，也從來沒有人來牽掣伊，現在呢？不知不覺背上許多重擔，那得赤條條來去無牽掛呵！

昨夜有一個朋友，送給伊和他一個珍貴的贈品——美麗而活潑的小孩模型。他含笑對伊道：『你愛他嗎？……』伊起初含羞悄對，繼又想起，從此擔子一天重似一天了，什麼服務社會？什麼經濟獨立？不都要爲了愛情的果而拋棄嗎？記得伊的表兄——極刻薄的青年，對伊道：『女孩子何必讀書？只要學學煮飯、保育嬰兒就够了。』他們蔑視女子的心，壓迫得伊痛哭過，現在自己到了危險的地步，能否爭一口氣，作一個合宜家庭，也合宜社會的人？況且伊的朋友曾經勉勵伊道：——

『吾友！努力你前途的事業！許多人都爲愛情征服的，都不免溺於安樂，日陷於墮落的境地。朋友呵！你是人間的奮鬥者。萬望不要使我失望，使你含苞未放的紅花萎落！……』

伊方寸的心，日來只酣戰着，只憂愁那含苞未放的紅花要萎落，況且醉迷的人生，禁不起深思，而思想的輪轍，又每喜走到寂滅的地方去。伊的新家，只有伊和他，他每天又爲職業束身，一早晨就出去了，這長日無聊，更使伊靜處深思。筆架上的新筆，已被伊寫禿了。而麻般的思緒，越理越亂。別是一般新的滋味，說不出是喜是愁，數着壁上的時計，和着心頭的脈浪，只是不勝幽祕的細響，織成倦鳥還林的逸音，但又不無索居懷舊之感，眞是喜共愁沒商量，他每說去去就來，伊頓覺得左右無依傍。睡夢中也感到寂寞的悵惘。

豪放的性情，不知什麼時候悄悄地變了。獨立蒼茫的氣概，不知何時悄悄地逃了。記得前年的春末夏初伊和同學們東遊的時候那天正走到碧海之濱，滾滾的海浪，忽如青峯百尺，削壁千仞。直立海心忽又像白蓮朵朵，探蕁荷葉之底，海嘯狂吼，聲如萬馬奔騰，那種雄壯的境地，而今都隱約於柔雲軟霧中了。伊何嘗不是如此，伊的朋友也何嘗不是如此？便是世界的人類，銷磨的結果，也何嘗不是如此？

伊少女的生活，現在收束了，新生命的稚蕊，正在茁長，如火如荼的紅花，還不曾含苞，環境的陷人，又正如魚投羅網，朋友呵！伊的紅花幾時可以開放？伊回味着朋友們的話，唉！眞是筆尖上的墨浪，直管濃得欲滴，怎奈伊心頭如梗，不能告訴你們，什麼是伊前途的運命，只是不自留戀着前塵，思量着往事，伊不曾忘記已往的幽趣。伊不敢忘記今後的努力。

這不緊要幾葉的殘跡，便是伊給朋友們的贈品，便是伊安慰朋友們的心音了。

Chinese Literary Association Series
"Friends on the Sea Shore" and Other Stories
By Miss Lu-ying
The Commercial Press, Limited


中華民國十四年七月初版
十七年十一月四版

（文學研究會叢書）海濱故人一冊
（每冊定價洋柒角伍分）
（外埠酌加運費匯費）



著者 廬隱
發行者 商務印書館
印刷所 上海河南路北首寶山路 商務印書館

**图书在版编目（CIP）数据**

海滨故人 / 庐隐著. -- 天津：百花文艺出版社，2020.4（2024.1 重印）
（现代文学名著原版珍藏. 第二辑）
ISBN 978-7-5306-7854-1

Ⅰ. ①海… Ⅱ. ①庐… Ⅲ. ①长篇小说-中国-现代 Ⅳ. ①I246.5

中国版本图书馆 CIP 数据核字(2020)第 062172 号

**海滨故人**

HAIBIN GUREN

庐隐 著

**选题策划**：唐冠群　　**美术编辑**：张振洪
**责任编辑**：张　雪
**出版发行**：百花文艺出版社
**地址**：天津市和平区西康路 35 号　**邮编**：300051
**电话传真**：+86-22-23332651（发行部）
+86-22-23332656（总编室）
+86-22-23332478（邮购部）
**网址**：http://www.baihuawenyi.com
**印刷**：宝蕾元仁浩（天津）印刷有限公司
**开本**：787×1092 毫米　1/32
**字数**：132 千字
**印张**：8.375
**版次**：2020 年 4 月第 1 版
**印次**：2024 年 1 月第 4 次印刷
**定价**：20.00元

如有印装质量问题，请与宝蕾元仁浩（天津）印刷有限公司联系调换
地址：北京朝阳区西坝河南路6号西座102室
电话：（010）84498866 邮编：100028